I0527419

از شمال غرب

مجموعه داستان کوتاه

امیر حسین بختیاری

نشر آسمانا، تورنتو، کانادا
۱۴۰۴/۲۰۲۵

از شمال غرب

نویسنده: امیر حسین بختیاری

ناشر: آسمانا، تورنتو، کانادا

طرح روی جلد: رضا راقبیان

ویرایش: مجید صابری

صفحه‌آرا: واحد طراحی نشر آسمانا

نوبت چاپ: اول، ۱۴۰۴/۲۰۲۵

شماره آی‌اس‌بی‌ان: ۹۷۸۱۹۹۷۵۰۳۰۵۷

آسمانا

از شمال غرب

مجموعه داستان کوتاه

امیر حسین بختیاری

فهرست

ای پسر جان

در غروب دلگیر و بارانی یکی از روزهای آگوست به این سرزمین پاگذاشتیم. هواپیما در فرودگاهی کوچک فرود آمده بود که با تمام تصورات ما از غرب پیشرفته و پر زرق و برق تفاوت داشت. چمدان‌های پر از حسرتمان را تحویل گرفتیم و با پرس‌وجو ایستگاه اتوبوس خلوت را در گوشه‌ای دور افتاده پیدا کردیم.

مسافرت کردن به سرزمین‌های بیگانه لذت کشف دارد. کشف بهترین‌های آن خاک. آثار باستانی یا موزه‌ها، فستیوال‌ها و رستوران‌ها. اما مهاجرت به همان سرزمین پر از هراس‌هاییست از جنس نتوانستن‌ها. در راه فرودگاه تا هتل از پنجره اتوبوس به دشت سبز یکدستی زل زده بودم که با منظره‌های آشنای زادگاهم سراسر متفاوت بود و زبانی را می‌شنیدم که جز چند کلمه‌ای در گوشم سراسر بیگانه بود. انگار که تمام آنچه که آموخته بودم از دنیای دیگری باشد. تردید که در لحظه خروج در دلمان جوانه کرد، درخت تناوری شده بود... راهی را که طی می‌کنیم انتخاب درستی بوده است آیا؟

خستگی تن چنان در تخت هتل مچاله‌مان کرد که هراس صبح فردا را از یادمان برد. از فردایش، روزهای خیلی سخت آمدند و به دیروز تبدیل شدند. شکست خوردن‌ها را یاد گرفتیم و

برخاستن‌ها را. تا حالایی که دلهایمان پر از خاطره گذشته‌ها شده است.

امروز که این چند خط را می‌نویسم مقابلم نشسته‌ای و در دنیای خودت بازی می‌کنی. از اینجا صورتت را می‌بینم. چشمانت را که بی‌شباهت به چشمان من نیست. موهایم زمانی شبیه تو بود و چندتایی از عادت‌هایت میراث کوچک من بوده است. گویی در آینه‌ای جادویی خودم را می‌بینم که نوجوان شده‌ام. پوست سرم دوباره پوشیده از موهای سیاه شده باشد و بجای آنچه گذشت، روزهای روشن پیش رویم باشد. چه خیالی ...

با اینحال زندگی پیش روی تو برای من مسیری نزدیک به مقصد است. امروز که هستم و هر روز که به گذشته‌ام اضافه میشود شاید نه فرصتی و نه توانی برای بازگو کردن قصه‌ام باقی نماند. این شد که تصمیم گرفتم جایی برایت بنویسمشان.

شاید هیچوقت نگاه کنجکاوت تو را به خواندن این سطور نکشاند اما کلمه‌ها در حافظه‌های مجازی برای همیشه ماندگار خواهند ماند، این چند خط نحیف اسمی را که هم اسم توست بر جلد کتاب لاغری نگه خواهند داشت: پدر و مادرت در غروب دلگیر و بارانی یکی از روزهای آگوست قدم به این سرزمین گذاشتند. برای تو می‌گویم ای پسر جان ...

گرگ

غروب برفی دسامبر در حال رانندگی به سمت آپارتمانم هستم که خبر مردنت را از رادیو می‌شنوم. در شانه‌ی جاده توقف می‌کنم و به دانه‌های رقصان برف خیره می‌شوم.

گوینده می‌گوید رهگذران تو را در کنار اتوبان شانزده، نزدیک جَسپر پیدا کرده‌اند. تن خسته‌ات را روی آسفالت یخ‌زده دراز کرده بودی و به افق خیره مانده بودی. تصور می‌کنم به محیط‌بانی اطلاع داده‌اند و ماشین محیط‌بانی با آن سرعتی که در اوقات اضطراری از آنها دیده می‌شود، سر رسیده. یکی از محیط‌بانان تو را در آغوش گرفته و تا رسیدن به ساختمان، موهای تیره‌ی پشت سر و کمرت را نوازش کرده. تو را می‌بینم که روی پتویی دراز کشیده‌ای و چشمانت را بسته‌ای. دامپزشک می‌آید و جلسه‌ی کوتاه زود به نتیجه می‌رسد. نا نداری دستت را از دستشان بیرون بیاوری. سُرنگ پر از مایع مرگ را به رگ‌هایت تزریق می‌کند و دقایقی بعد صدای ضعیف ضربان قلبت در گوشی طبی دامپزشک برای همیشه خاموش می‌شود. گوینده می‌گوید اسمت در کتاب محیط‌بانی "گرگ ۱۱۲" ثبت شده، اما همه‌ی بومی‌ها تو را به اسم ماهیکان (Mahihkan) می‌شناخته‌اند.

اتوبان شانزده، تا قبل از پارک جنگلی جسپر، چیزی جز ساعت‌های حوصله‌سربرِ گذر از مزارع گندم و کنولا نیست؛ جاده

گرگ

کم‌کم به سمت بالا شیب می‌گیرد و توده‌های محو دوردست خط افق را با برشی تیز قطع میکنند. وقتی که خطوط صخره‌های برف آلود راکی از دل این شبح مه آلود بیرون میزنند خستگی راه طولانی جایش را به حیرتی غیر قابل توصیف میدهد. همان کیلومترهای آخر بود که می‌ایستادی و خودروهای درگذر را نگاه می‌کردی و گاهی در کنارشان می‌دویدی. مسافران هیجان‌زده تو را با دست به هم نشان می‌دادند و با دوربین موبایلشان از تو عکس می‌گرفتند.

در کدام فرعی بود که پیچیدیم؟ کدامیک از راه‌ها را برای بار آخر قدم زدیم و در کنار کدام رودخانه برای آخرین بار چادر زدیم؟ در کدام جنگل انبوه کاج بود که آتش روشن کردیم؟ صدای گوینده رادیو با هق‌هق گریه‌ام همراه می‌شود.

دلم برای جنگل‌نوردی‌های طولانی در کنار تو تنگ خواهد شد. جنگل دیگر بدون تو برایم امن نیست و دیگر کسی از ماده گرگ خاکستری همراهم حساب نخواهد برد. گفتم از خرس‌ها می‌ترسم و توله‌خرس‌های بازیگوش را نشانم دادی. گفتم شاخِ گوزن‌ها خیلی بلند است و نگاهم را به گام‌های مغرورِگوزن نر در کنار ماده‌ها جلب کردی. گفتم اگر گم شوم چه؟ قدم‌های استوارت آرامش خاطرم بود! گرگ‌ها همه جای این جنگل را می‌شناسند.

دلم برای ساعت‌هایی که در سایه‌ی کاج‌های بلند راه می‌رفتیم، من حرف می‌زدم و تو گوش می‌کردی تنگ خواهد شد. از جمع دوستی‌مان می‌گفتم که از وقتی رفتی از هم پاشیده. از خبرهای خوش و تلخ دوستان سابق می‌گفتم. عاطفه بچه‌دار شده، شیما با امید ازدواج کرده، رضا به تورنتو و امیر به ونکوور کوچ کرده، و

فرهاد در روستاهای شمال آلبرتا دنبال خودشناسی رفته، و فقط من در این دلگیر خاکستری باقی مانده‌ام. از مادرت می‌گفتم که جواب پیام‌های مرا نمی‌داد. آخر هیچ‌کس باور نمی‌کرد گرگ شده‌ای! ماهیکان، دوست بومیان و محیط‌بانان پارک‌جنگلی، کوهنوردانِ جسپر و رهگذرانِ اتوبان شانزده.

دلم برای چشم‌های سیاهت خیلی تنگ خواهد شد. همان عمقی که بار اول و برای همیشه در آن گم شدم. به توصیه‌ی مشاور و همراهی عاطفه، به گروه کوچک داستان‌خوانی ما پا گذاشته بودی. جلسه‌ای که داستان کوتاه "جنگل سرخ" را خوانده بودم. بعد جلسه به اصرار عاطفه به سمتم آمدی و به آرامی گفتی که فکر کردن به خودکشی تا عملی کردن تصمیم، تفاوت زیادی دارد. گوینده رادیو ادامه می‌دهد که از مهمترین علامت‌های تشخیص تو از گرگ‌های دیگر ردِ تیرهِ پنجه‌های جلویی بوده. چقدر به این خطوط متقاطع مچ‌هایت بوسه زده بودم!

یادت هست آن روزی که برای تولد عاطفه با کیک به خانه‌تان آمدم و با بچه‌ها حسابی شلوغ کرده بودیم. من از تو پرسیدم و عاطفه گفت در اتاقت مانده‌ای؟ بچه‌ها گفتند رهایت کنم ولی دلم نمی‌آمد کیک نخورده بمانی. با بشقاب به اتاقت آمدم. وسط اتاقِ نیمه تاریک بین آشغال‌ها نشسته بودی و گریه می‌کردی، کنارت نشستم و متوجه شدم دستانت خونی است. پرسیدم و جوابم را ندادی. عاطفه آمد و چشمش که به جارو برقی افتاد، غرغرکنان گفت بعد از ظهر چند کفشدوزک دیده و با جارو برقی از دستشان خلاص شده، تو برای کفشدوزک‌ها دعوا راه انداختی و لیوان شکسته . حالا نشسته‌ای از بین تکه‌های شکسته لیوان و

گرگ

آشغال‌های بیرون ریخته جارو دنبال کفشدوزک‌ها می‌گردی. دست‌هایت ... آن دست‌های سفید با رودخانه‌های آبی رگ‌ها، به زخم‌ها و خون‌ها عادت داشت. همان شب در راه بیمارستان برای پانسمان دست، برای اولین بار در ماشین تنها شدیم. چند بار خیابان‌های آرام و پر از برف این شهر را با هم طی کردیم؟ چقدر با هم در این راه باب دیلن گوش کردیم؟ از همان بار اول که شروع به زمزمه ترانه‌های باب دیلن کردی، حرف زدن‌های ما هم با زمزمه‌ی باب دیلن شروع شد و با ابی و مارک نافلر و سیاوش قمیشی و دوباره دیلن.

بار بعدی دیدارمان هم در بیمارستان بود. گفتی ضعف کرده‌ای و قدری استراحت حالت را جا می‌آورد. سعی می‌کردم از چشم‌هایم نخوانی که می‌دانم و نگرانم یکی از این روزها موفق شوی. به خستگی کشیدن این تن پایان دهی و هیچ‌کس نباشد که اورژانس خبر کند. اکتبر سال پیش بود که برای تولد سی‌ودو سالگی‌ات به دیدنت آمدم. گام‌هایت خسته بود و لاغر شده بودی. فهمیدم این دیدار آخرمان است. به سختی صدای رادیو را می‌شنوم: «گرگ در زمان مرگ سیزده ساله بوده و این طول عمر برای ماده گرگ‌ها عمر زیادی به حساب می‌آید.»

اولین بوسه‌مان را یادت هست؟ مادرت نگران تماس گرفت که جواب پیام‌هایش را نمی‌دهی. من به آپارتمان‌تان آمدم. پشتِ در نشستم و نوشته‌های پراکنده‌ام را برایت خواندم. شاملو خواندم که می‌گفتی بلد نیستم بخوانم. از اخوان ثالث چیزهایی حفظ بودم و شعر گروس را که می‌دانستم دوست داری، از گوگل جستجو کردم:

امیر حسین بختیاری

...

مهم نیست

خانه‌ات کجا باشد

برای یافتنت کافی است

چشم‌هایم را ببندم

خلاصه بگویم

حالا

هر قفلی که می‌خواهد

به درگاه خانه‌ات باشد

عشق پیچکی است

که دیوار نمی‌شناسد

...

صدای قفل در را شنیدم که باز شد. انگار که روحی کلید را چرخانده باشد و یا جادویی شده باشد. تو بر روی تخت دراز کشیده بودی و چشمانت همچنان بسته بود و من در کنارت. نفس‌هایت روی شانه‌ام بود و لب‌هایت رنگ پریده‌تر از همیشه.

بوسه‌ای کوچک بر آن بی‌رنگی، به اکتشاف سرچشمه رودخانه‌های آبی بدل شد.

گوینده از مهمان برنامه- راهنمای تور محلی- می‌پرسد چطور گرگ آنقدر به جاده نزدیک می‌شود؟ مهمان توضیح می‌دهد که در روزهای برفی حرکت کردن بر روی آسفالت، راحت‌تر از دویدن در میان برف‌هاست و گاه گرگ‌ها ترجیح می‌دهند اطراف جاده و کنار ماشین‌های عبوری راه بروند. آن بار که موبایلت را خاموش کرده بودی، همه شهر را دنبالت گشتم و با لباس خواب در خیابانی کم تردد و پر درخت پیدایت کردم. رد پای برهنه‌ات روی برف‌های پا نخورده پیدا بود و بدن لرزانت قدم‌ها را به سختی برمی‌داشت. با التماس و خواهش و در آخر، با زور سوارت کردم. روی صندلی دندانهایت به هم می‌خورد و برای اولین بار در جمله‌هایی کوتاه و با هیجانی که تا به‌حال در صدایت نشنیده بودم، از گوزن زیبایی حرف زدی که پشت کاج‌ها دیده بودی و تعقیبش کرده بودی. از من قول گرفتی با هم به جنگل برویم و دوباره گوزن‌ها را ببینیم. گفتم من هنوز آدمم و مثل ماده گرگ‌ها به دویدن روی برف‌ها و تعقیب گوزن‌ها عادت ندارم. خندیدی!

بهار شد و مشاور گفت با توجه به عشقی که به طبیعت داری شاید گذراندن چند شبی در جنگل حالت را بهتر کند. در بی‌خبری تو برنامه‌ی سفر را چیدم. چادر، تشک بادی و اسپری خرس و هر چیز دیگری که به فکرم می‌رسید خریدم و با هم به جاده‌ی شانزده زدیم. پس از طی آن مسیر طولانی در اعماق جنگل جایی پیدا کردیم و چادری که ناظر آخرین‌مان بود را برپا کردیم. گفته بودم

که لباس‌هایت را نگه داشته‌ام؟ همان‌هایی که در رخوت بعد از تنیدگی‌مان در چادر رها کرده بودی ؟

صدای راهنمای تور می‌لرزد. بغض می‌کند و می‌گوید همه محلی‌ها تو را دوست داشته‌اند. نکند رازمان را می‌دانند؟ نه! مطمئنم راز ما با پیدا شدن جسد دختر بیچاره در رودخانه برای همیشه بین ما می‌ماند. همه، حتی مادرت، فکر می‌کنند خودت را در رودخانه غرق کرده‌ای. ولی همان شبی که درون جنگل با گروه نجات، اسمت را فریاد می‌زدم به آرامی پیشم آمدی، کنارم نشستی. گونه‌هایمان را به هم مالیدیم و قول دادیم این راز ناگفته بماند. بگذریم که کسی حرفهای منِ عهد شکن را جدی نمی‌گرفت.

از رادیو موزیک پخش می‌شود و دنیا به حرکت خود ادامه می‌دهد و تو، ماهیکان، برای همیشه مرا در این دنیا با خاطره‌ات تنها می‌گذاری. ماشین را روشن می‌کنم. در اولین خروجی تغییر مسیر می‌دهم و به سمت اتوبان شانزده می‌رانم.

تابستان ۲۰۲۳

نانوک

باد کولاک برف را به دیوارهای رستوران می‌کوبید و از دور صدای زوزه گرگ‌ها را با خود می‌آورد. اما داخل رستوران، این خروش مدام در همهمه‌ی گفتگوی مشتریان یا صدای جابجا کردن ظروف و کوبیدن لیوانها بر روی میز گم می‌شد. گوش من هیچکدام از این صداها را نمی‌شنید. تمرکزم بر گوشی موبایل و چک کردن سایت‌های کاریابی بود تا مطمئن باشم درخواست نیروی کار اقدام‌نشده‌ای باقی نمانده است که ژان فیلیپ خنده ای کرد و گفت: «شرط می‌بندم اینا بلد نیستن چطوری همبرگر گوشت گوزن درست کنن!»

شاید این بلندترین جمله‌ای بود که این کِبِکی ساکت تا آن موقع خطاب به من گفته بود!

بارش برف در طول روز باعث شد تصمیم بگیریم بجای گیر کردن در برف و گرفتار شدن در جاده‌ی بسته، شب را هم در شهر بمانیم. هر سه هفته یکبار برای داشتن کمی تفریح و یا خرید لباس و مایحتاج از کارگاه ساختمانی‌مان به این شهر کوچک می‌آمدیم. این نقطه از کانادا با مناطق دیگر ارتباط زمینی نداشت و بیشتر ارتباطات با شهرهای اطراف توسط هواپیما و یا در طور زمستان بوسیله کامیون‌های بزرگ و از طریق بستر یخی رودخانه انجام می‌شد. مسافرت زمینی با کامیون‌ها تجربه ای بود که حتی محلی‌ها

هم به ندرت به آن تن می‌دادند و بلیط هواپیما به نزدیکترین شهر بزرگ معمولا کمیاب و گران بود. ما هم برای ذخیره چند دلاری که به زحمت بدست می‌آمد خودمان را به تفریحات ساده این شهر کوچک عادت داده بودیم.

محل اُتراق ما مسافرخانه‌ای ارزان‌قیمت و دوطبقه بود با اتاق‌هایی کوچک و تمیز. همچنین رستوران کوچکی که پاتوق محلی‌ها و مسافرانی چون ما بود. تنها هم‌صحبت و آشنای کارگاه من، هَنک، که معمولا هم‌اتاقی من می‌شد این‌بار همراهمان نیامده بود. از وقتی در دادگاه محلی مجبور به عذرخواهی از کامیلا، همکار دورگه‌ی سرخپوست‌مان شده بود ترجیح می‌داد به شهر نیاید و در گوشه آسایشگاه، نخ‌های سیگارش را یک به یک دود کند و فحش بدهد. ماجرای دادگاه هنک و جمله کذایی "اووف چه کون قشنگی!" چند هفته‌ای دستمایه‌ی جوک و مسخره‌بازی کارگاه بود.

اینطور شد که من بدون آشنا یا دوستی، پشت میز دراز رستوران، که برای همه‌مان جا داشت، نشسته بودم. دنی و کامیلا بیلیارد بازی می‌کردند. دیمیتریِ سرکارگر، با آن هیکل درشتش، روی صندلی بار یله داده بود و با یکی از محلی‌ها صحبت می‌کرد. سه کارگر اوکراینی، که برای شرکت ما کار می‌کردند، پشت میزی دورتر نشسته بودند و با خودشان گرم گرفته بودند. آنوشکا هم در انتهای میز ما نشسته بود و از آنجایی که من بودم فقط موهای سیاهش پیدا بود. حدس زدم از خستگی یا شاید مستی بیهوش شده. ژان فیلیپ در گوشه دیگر میز منوی کهنه را بالا و پایین می‌کرد که صدای خنده‌اش توجه مرا جلب کرد.

من از این کِبِکی ریشوی سرخ‌رو خوشم می‌آمد. طنین اسم ژان فیلیپ مرا یاد فیلم‌های پارتیزانی جنگ جهانی می‌انداخت. او بهترین کارگر ما در این نقطه دور افتاده‌ی شمال غربی بود. انگلیسی را آهسته و با لهجه فرانسوی حرف می‌زد و بجای آسایشگاه، در کلبه دست‌ساز چوبی زندگی می‌کرد که پشت یک تریلر کهنه ساخته بود. قدی بلند و هیکلی ورزیده داشت. گاهی بوی ماریجوانا می‌داد ولی من غیر از آن بار که بد مستی کرد حالتی غیر معمول از او ندیده بودم. یک بار هم در کارگاه سر محاسبه مصالح با هنک دعوا کرد و قبل از اینکه با مشت‌هایش دماغ هنک را پهن‌تر کند جدایشان کردیم. جالب اینکه گاه بوی عطر یا تمیزی خاصی می‌داد که با کار سخت کارگاه ساختمانی بعید بود و من حدس می‌زدم عطری یا تکه‌ای صابون خوشبو توی جیبش نگه می‌دارد.

آن شب چشمهاش قدری قرمز بود و شاید قبل از آمدن به رستوران علف دود کرده بود. گونه سرخش را مالید و بدون این که نگاهم کند پرسید: «تا حالا گوشت گوزن خوردی؟»

سری تکان دادم و با کنجکاوی به او خیره شدم. دستش را مثل اینکه با تفنگی خیالی نشانه‌گیری کند، جلوی صورتش گرفت و ادامه داد: «وقتی گوزن رو میزنی باید دقت کنی حتما گلوله به قلبش بخوره، هم درجا بکشه هم گوشتش رو خراب نکنه. گوشت گوزن تنهایی برای همبرگر سفته. یه کالیبر ۲۲ هم دارم که باهاش خرگوش می‌زنم. سه چهارم گوشت گوزن با یک‌چهارم خرگوش و یک کم چربی خوک یه دور چرخ می‌کنی و بعد باهاش برگر درست

می‌کنی. همبرگر رو آبدار برمی‌داری وگرنه مثل چوب سفت میشه.»

پرسیدم: «خیلی شکار میری؟»

: «میرفتم. اون موقعی که توی کبک بودم تو جنگل زندگی می‌کردم. نگهبان چند تا خونه جنگلی بودم و همونجا توی تریلر زندگی می‌کردم. هیپی...»

بطری خالی آبجو را در هوا تکان داد و داد زد: «رفیق یه بادوایزر دیگه.» (برای خطاب کردن همه از کلمه Buddy استفاده می‌کرد. انگاری همه رفقای قدیمی‌اش بودند)

: «تو شکار رفتی ؟ تفنگ داشتی؟»

جواب دادم: «من فقط تفنگ جنگی دست گرفتم. کلاشینکف می‌دونی چیه؟»

چشمهایش برقی زد: «واقعا؟ جنگ بودی رفیق؟ عراق یا افغانستان؟»

: «نه (مونده بودم چطوری خدمت سربازی رو تعریف کنم) ما مجبور بودیم دو سال توی سرویس نظامی بمونیم.»

کمی ناامید شد: «شنیدم بعضی کشورها سرویس نظامی اجباریه. باهاش شلیک هم کردی؟»

یاد روز کذایی آموزشی افتادم که گرسنه و خسته بعد از یک راهپیمایی طولانی به میدان تیر رسیدیم و به ردیف در صف ایستادیم. سرباز کنار من آهسته گفت: «خر نشی همه تیرا رو وسط سیبل بزنی! می‌برنت برای تکاوری بیچاره می‌شی مجبوری تو بیابون مارمولک و سوسک بخوری.»

ساکت شدیم. پیرمرد صاحب رستوران آمد و پرسید غیر از آبجو چی می‌خورین؟ من مرد کبکی را نگاه کردم تا هر چه سفارش داد منم شبیه آن را بخواهم. ژان فیلیپ پرسید: «از منوی صبحانه می‌تونم سفارش بدم؟ تخم مرغ و بیکن و نون تست؟ سوسیس؟ هَش براون؟»

پیرمرد رو ترش کرد: «نون تست نداریم. هش براون هم نداریم. تخم مرغ و سوسیس بیارم؟»

: «همون بادوایزر بیار.»

پیرمرد با همان اخم رو به من کرد: «و شما؟»

: «منم همون.»

: «اگه چیز دیگه خواستین زودتر بگین. از نُه به بعد سرو نمی‌کنم.»

ژان فیلیپ دوباره در سکوت به منوی رستوران خیره شد. من علاقه داشتم بیشتر بشنوم. پرسیدم: «خیلی وقته اینجایی؟»

: «شش سالی میشه. اوایل انگلیسی بلد نبودم. خیلی سخت بود. الانم انگلیسی‌ام خوب نیست.»

نانوک

خندیدم: «از من که بهتری.»

وقتی می‌خندید چشمهاش مهربان می‌شد. ادامه داد: «تو تابستون و زمستون با سگم نصف جنگل‌های شمال کبک رو دنبال گوزن و موس گشتیم .. تا حالا جنگل‌نوردی رفتی؟»

گوشی‌اش را روشن کرد و عکس خودش را با هاسکی بزرگ سفیدخاکستری نشان داد.

: «سگم رو از یه بومی خریدم. گفت جدش گرگ بوده! خیلی باهوش و مهربون بود. زود حرف زدن یاد گرفت. با هم تو جنگل‌نوردی و شب‌ها کنار آتیش گپ می‌زدیم. من از خاطره‌هام و از بچگی‌هام می‌گفتم. اونم از پرسه زدن‌هاش تو جنگل تعریف می‌کرد. می‌دونی...یه شب‌هایی می‌رفت و یکی دو روز بعد برمی‌گشت. من نگرانش بودم. فکر می‌کردم گرگ‌ها پاره‌ش می‌کنن ولی خودش می‌گفت باهاشون دوسته، کاری باهاش ندارن.»

به گوشی موبایل خیره شدم. سگ در عکس هم بنظر مهربان می‌آمد و با این توصیفات احتمالا مثل خود ژان فیلیپ عجیب. انگار او و سگش هر دو به دوربین خندیده بودند.

تا آن موقع با هیچکس آنقدر حرف غیر مربوط به کار نزده بودم که با ژان فیلیپ. برنامه‌ی کاری بیشتر مواقع من و هنک، صبح‌ها بازدید از سایت ساختمانی و اندازه‌گیری‌ها بود و عصرها تهیه‌ی نقشه‌های اجرایی و محاسبه مصالح مورد نیاز برای روز بعد.

کار کردن با هنک مشکل بود و حرف زدن با او مشکل‌تر. زبان تلخ و گزنده‌ای داشت و هم صحبت‌شدن‌مان منحصر به ایراد گیری‌های او از کار کردن من بود. حتی وقت‌های استراحت مرا تنها می‌گذاشت و با بقیه کارکنان کارگاه می‌جوشید. در نهایت عصرها زودتر به آسایشگاه می‌رفتم تا از زمان باقی‌مانده برای تماس با دوستان و خانواده یا جستجو در سایت‌های کاریابی استفاده کنم. سعی داشتم هر چه زودتر از این خراب شده فرار کنم و به شهری بروم که تنهاییش، گوشه‌ی خلوت کافه‌ای، در یک خیابان شلوغ باشد و نه دوری کردن از دورهمی کنار ورودی آسایشگاه و شنیدن حرفهای صد من یک غاز دیمیتری در خصوص تئوری‌های توطئه در سیاست.

ژان فیلیپ از جا بلند شد و به سمت بار رفت و با دو بادوایزر دیگر برگشت و یکی را به من داد. صدای خنده کامیلا و دنی می‌آمد. یکی دوتا جوان محلی هم به آنها پیوسته بودند. ما در سکوت به بازی آنها خیره شدیم. نوبت ضربه کامیلا که شد کاملا روی میز خم شد و پیش از ضربه زدن نگاهی به پشت سرش انداخت و ما را دید که به هیکل زیبایش خیره شده‌ایم. داد زد: «داری چه غلطی میکنی؟»

ژان فیلیپ نگاهش را به بطری بادوایزر دوخت و من، مِن مِن کنان گفتم: «خیلی خوشگلی.»

این انگلیسی لعنتی که هیچوقت جدی‌ش نگرفتم و امروز اینگونه با من کرد. مایک، رئیسم، از من مثال می‌آورد که همیشه حقیقت را می‌گویم. نمی‌داند که دروغ گویی به انگلیسی مشکل‌ترین کار

دنیاست. ای کاش در فارسی هم همان طور بود و دروغ جای حقیقت را نمی‌گرفت. مثل گفتن "دوستت دارم" یا از آن ساده‌تر همین "خیلی خوشگلی" که حقیقتی ساده است اما در نگفته‌ها و دروغ‌ها پنهان می‌شود.

اول سکوت شد. بعد همه شروع به خندیدن کردند. صاحب رستوران هم از آشپزخانه بیرون آمده بود می‌پرسید چی شده. من از خجالت در صندلی فرو رفتم. ژان فیلیپ هم دستان‌اش را در ریش‌ش فرو کرده بود و می‌خندید.

کامیلا گفت: «حسین تو خیلی بامزه‌ای.» دوباره روی میز خم شد و گفت: «خوب نگاه کن حالا ببین چه ضربه‌ای می‌زنم. توپ سفید رو نگاه کن نه کون منو!»

جمعیت دوباره از خنده منفجر شد و من از خجالت سرم را پایین انداختم و به پوتین‌های سنگینش خیره شدم. ژان فیلیپ در حالی که همچنان می‌خندید صندلی‌اش را به سمتم کشید و دستش را بر شانه‌ام گذاشت.

در سکوت پیش آمده صدای زوزه باد به گوش آمد. ضربه کامیلا به هدف نخورد ولی بطری آبجو را از لبه میز بازی برداشت و بالا گرفت. ژان فیلیپ و من به پیروی از او بطری‌هایمان را بالا گرفتیم. احساس می‌کردم همه حاضران در رستوران به من خیره شده‌اند و با نیشخند جهت نگاه مرا جستجو می‌کنند. حال بدی بود. فکر کردم فقط الکل زیاد قدری به فراموشی این نگاه‌ها و شرم ناخواسته کمک می‌کند. بلند شدم و بطری‌های خالی آبجو را

به سمت بار کوچک بردم .صاحب رستوران بطری‌ها را گرفت و با نیشخندی پرسید: «بالاخره چیزی می‌خورین؟»

: «هنوز نه. ویسکی داری؟»

: «لیکور قوی میخوای تا فراموش کنی؟ یه رای (RYE) آلبرتایی خوب دارم. یه لیوان؟»

: «یه بطری و دو لیوان...و یخ.»

چند دقیقه بعد یک بطری و کنارش ظرف بزرگی از سیب زمینی سرخ کرده روی میز هل داد و گفت: «اینم آخرش بود و آشپزخونه رو تعطیل کردم. رایگان برای شما.»

لیوان را نصفه با یخ و ویسکی پر کردم و جرعه ای از آتش مایع فرو دادم. هنوز حالم خوش نبود. جرعه‌ای دیگر سر کشیدم و بطری را به ژان فیلیپ تعارف کردم. سری به نشانه نه تکان داد. دوست داشتم حرف بزنیم تا شاید شرمندگی‌ام در کلمات گم شوند.

پرسیدم: «تو کبک تنها بودی؟»

: «همیشه که نه. شونزده تا خونه کوچیک و بزرگ اجاره‌ای بود که تو تابستونا تقریبا همیشه پُر مسافر بودن ولی زمستونا فقط پسرا و دخترای جوون میومدن، مست میکردن و های می‌شدن. می‌خوندن و می‌رقصیدن و با هم سکس می‌کردن. کار منم این بود که روزا و شبا حواسم باشه که حیوون وحشی دور و بر کلبه‌ها نیاد

و تعمیرات کوچیکی هم انجام می‌دادم. تو سال‌هایی که اونجا بودم آدمها می‌آمدن و می‌رفتند.»

دوباره ساکت شد و به فکر فرو رفت. رستوران کم‌کم از تب و تاب می‌افتاد. محلی‌ها تقریبا رفته بودند. آن موقع بود که برای اولین بار صدای زوزه گرگ‌ها در وزش تند باد، توجهم را در آرامش اطراف جلب کرد. ژان فیلیپ لرزید و بی‌اختیار لیوانی برداشت. قدری ویسکی ریخت و یک نفس بالا رفت.

: «زن نداشتی؟ دوست دختر؟»

: «من تو کلبه نگهبانی تنها زندگی می‌کردم ولی...یه دختری بود که خیلی با هم دوست بودیم. سالی یک یا دو بار میومد. با سگم خیلی دوست بود اون‌قدر که با هم به جنگل می‌رفتند و سگم می‌گفت اون زبون جنگل رو بلده. شبا تو جنگل چادر می‌زد و می‌موند. فقط یه چاقوی شکاری با خودش می‌برد که اونم می‌گفت برای اینه که نشون بده کی توی جنگل رئیسه...آخرش یه خرس بهش حمله کرد و کشتش!»

لرزم گرفت. نمی‌دانستم از سرماست یا تصور دیدن جسدی خونی در جنگل.

: «حدس می‌زنم از اینجا هم آروم‌تر بوده.»

آهی کشید و با دست یخ‌های لیوانش را چرخاند: «دوست داشتنی بود. باید تنها زندگی کردن رو دوست داشته باشی. روزهایی که کار تعمیرات نبود با سگم و یه وقتایی هم تنها می‌رفتم شکار.

گوزن و خرگوش میزدم. یه قایق خیلی خوب داشتم. توی دریاچه پارو میزدم و ماهی میگرفتم. تا حالا تو زمستون ماهیگیری رفتی؟»

: «نه ولی تعریفش رو شنیدم. بنظرم حوصله سر بره.»

: «اینطور نیست. (به بطری اشاره کرد) همین ویسکی رو دیدی؟ یکنفره موقع ماهیگیری تمومش میکردم. ماهی که از آب سرد در میاد طعمش خیلی خوبه. فقط باید از دریاچه گود ماهی بگیری. ماهی دریاچه کم عمق مزه گُه میده.»

دنی و کامیلا همچنان بازی میکردند و یکی از اوکراینیها هم به آنها پیوسته بود. دیمیتری که تنها مانده بود کنار ما نشست و گفت: «منم سهمم رو از بطری میدم. آهای رفیق یه لیوان دیگه بیار.»

بجای صاحب رستوران، کامیلا با دو لیوان سر رسید و یکی برای خودش ریخت. چشمکی به من زد و دست در موهای ژان فیلیپ کرد: «چطوری پیرمرد؟»

همان لحظه در رستوران باز شد و ورود مارتین (همکار دیگرمان) با آن هیکل چاق و کلاه و لباس سرتاپا برفی توجه همه را جلب کرد. مارتین داد زد: «همهمون تو گه فرو رفتیم. ۵ کیلومتر رفتم و تراکم گیر کرد. از اونجا تا اینجا پیاده اومدم.» بعد چشمش به جمع ما خورد .

: «یه لیوان هم برای من بریز.»

صدای فحش دادن دنی بلند شد. ظاهرا بازی خوب پیش نرفته بود و برای مدت کوتاهی گوشه بار به نظر قدری شلوغ شد، ولی بعد از اینکه همه چیز به آرامش برگشت، صدای زوزه باد چون حیوانی وحشی و در حال تقلا بگوش رسید.

ژان فیلیپ دوباره لرزید و لیوان خودش را پر کرد و یک‌ضرب فرو داد. صاحب رستوران از پشت بار داد زد یه بطری دیگه بیارم؟ همگی جواب دادیم بیار.

کامیلا کنار ژان فیلیپ نشست و مارتین کنار آنوشکا در گوشه دیگر. دنی هنوز در حال بازی بود و دو اوکراینی دیگر هم بازی میکردند و آنوشکا همچنان سرش را روی میز گذاشته بود و چرت می‌زد. بغیر از ما کسی باقی نمانده بود.

صاحب رستوران با بطری جدید و تعدادی لیوان آمد و خودش هم کنار ما نشست و رو به مارتین کرد: «خیلی خوش شانسی! میگن یه خرس این دور و براست. تفنگ هم که همراهت نداری!»

مارتین جواب داد: «یکی دارم ولی یادم رفت از تو تراک برش دارم. اسپری خرس دارم.»

: «امیدوارم تا وقتی کسی رو نکشته شکارچی‌ها بزننش.»

دیمیتری غرغری کرد: «خرس ماده اگه توله داشته باشه حتما حمله میکنه. فرار کردن ازش غیر ممکنه.»

کامیلا پرسید: «خرس چی هست؟ گریزلیه؟ سیاهه؟»

صاحب رستوران جواب داد: «نمیدونم.»

روزای اول ورود به این خراب شده کلی آموزش درباره محیط وحشی اطراف به ما داده بودند. گاهی حیواناتی چون خرس‌های سیاه یا گرگ‌ها به کارگاه نزدیک می‌شدند و نگهبانان با شلیک هوایی شات‌گان فراری‌شان می‌دادند. هر کدام هم یک اسپری خرس داشتیم ولی من نمی‌دانستم چطور این اسپری کوچک می‌تواند ما را از حمله خرس نجات دهد. اینطور بود که من از ژان فیلیپ راجع به خرس پرسیدم. بعدها فهمیدم داستان خرس را دیمیتری و مارتین و احتمالا مایک که رئیس‌مان بود می‌دانستند.

وقتی که پرسیدم: «ژان فلیپ تو تا حالا خرس شکار کردی؟» دستهایش لیوان ویسکی را محکم چنگ انداخته بود و چشمانش را بسته بود. دمیتری به من چشم‌غره‌ای رفت. ژان فیلیپ لیوانش را یک نفس بالا کشید و با لب‌هاش سبیلش را لیسید و سر به نشانه تایید تکان داد.

مارتین آرام ته مانده بطری را در لیوان‌هامان خالی کرد.

: «برای شکار نبود. خرس قطبی بود. نمیدونم اونجا چیکار میکرد. اصلا تا اون موقع خرس قطبی ندیده بودم.

دیمیتری نجوا کرد: «احتمالا غذا گیرش نیومده که اینقدر پایین اومده.»

ژان فیلیپ ادامه داد: «تازه بهار شده بود. برق قطع شده بود. از عصر تا شب روی فیوزها کار کردم ولی قطعه یدکی نداشتم و

ولش کردم. هیچکی هم نبود. یعنی کلبه جنگلی‌ها همه خالی بودن. دیر وقت و خیلی تاریک. یعنی عجیب تاریک بود و ترسیده بودم.»

فکر اینکه مردی مثل ژان فیلیپ که اینقدر با طبیعت آشناست، ترسیده باشد خودش هراسناک بود. مارتین لیوانش را بالا گرفت: «به سلامتی!» سرهامان گرم شده بود اما جذبه صحبت‌های ژان فیلیپ همه را هشیار نگه داشته بود. لیوان‌ها را بالا بردیم و نوشیدیم. من از ویسکی خوشم نمی‌آید اما رای سبکتر از ویسکی امریکایی یا اسکاچ است و فرو بردنش راحت‌تر و شاید حال آنشب ما بی‌ربط به نوشیدنی نبود .

حتی اوکراینی‌ها هم به ما پیوسته بودند و ایستاده پشت سر ما گوش می‌کردند. یکیشان به زبان خودشان به بقیه چیزی گفت و خندید اما با نگاه جدی ما زود ساکت شد.

ژان فیلیپ دوباره تکرار کرد: «خرس قطبی بود. داشتم از اتاق تاسیسات برمیگشتم که دیدمش. تو تاریکی، جلوی در یکی از کلبه‌ها بود. ایستاده بود و دست‌هاش روی در بود، مثل یه مرد قد بلند خاکستری. فکر کنم تازه از خواب زمستانی بلند شده بود. می‌دونید که خرس‌ها همه‌ی زمستون رو نمی‌خوابن و چند وقت یکبار بیدار میشن. ترسیده بودم. چند روزی بود که اطراف کلبه چند تا گرگ دیده بودم واسه همین رمینگتون روی شونه‌ام بود. سرش رو برگردوند و به چشمای هم خیره شدیم. اولش هیچ کاری نکرد. منم تفنگ رو دست گرفتم و لوله رو سمتش آوردم و داد زدم شاید بترسه. ولی ول نکرد. دستاشو از روی در برداشت و

گذاشت روی زمین. بعد همونطوری که بهم زل زده بود یواش یواش اومد سمتم . خیلی نزدیک شده بود. دوباره داد زدم که روی دوتا پاهاش ایستاد طوری که انگار می‌خواد بغلم کنه. منم...شلیک کردم.»

با انگشتش به دیواره‌ی لیوان دو ضربه زد: «دوبار تو صورتش شلیک کردم و از ترس دویدم.» خرس معمولی‌اش هم با دوتا گلوله رمینگتون ممکن بود زنده بمونه چه برسه به قطبی! واسه همین تا کلبه دویدم و در رو محکم بستم. از زیر تخت شات‌گان رو هم برداشتم و با هر دو تفنگ نشستم ته کلبه. منتظر بودم در بشکنه و بیاد تو.

همگی ساکت بودیم. حتی اوکراینی. دیمیتری ته مانده ویسکی را در چند لیوان خالی کرد و هر کس زودتر جنبید، لیوانی با چند قطره ویسکی قاپید. من ترجیح دادم ته مانده لیوانم را بنوشم و انگشت‌های کشیده و زیبای کامیلا را نگاه کنم که به آهستگی موهای ژان فیلیپ را نوازش می‌کرد.

: «بعد یه ساعت که صدا نیامد از لای در چراغ قوه انداختم و دیدم چند قدمی کلبه افتاده . نگاش کردم ببینم تکون می‌خوره یا نه. بالاخره جرأت کردم و رفتم بیرون. باور کنید رفقا اون زیباترین موجودی بود که تابحال دیده بودم. توی تاریکی هم زیبا بود. رنگش سفید نبود. خاکستری بود با پنجه‌های سیاه. به پشت افتاده بود روی برف‌ها و رد خون ازش جاری بود جرات نکردم برش گردونم. نمیدونم، شاید حس کردم خرس نیست! یک جوری افتاده بود انگار یه مرد بود که روی برف دراز کشیده. ولی آدم

نبود. آدم ده فوتی کی دیده؟ پنجه‌هاش هم خرس بود. گوه بگیرن این ویسکی رو که تموم شد.»

سه چهار نفر با هم خطاب به صاحب رستوران که روی صندلی دورتر نشسته بود و گوش می‌داد داد زدن: «بطری به حساب من!»

او هم از ترس اینکه کلمه‌ای را از دست بدهد به سرعت دو بطر ویسکی آورد و خودش لیوان‌ها را پر کرد.

ژان فیلیپ جرعه‌ای بزرگ از لیوان تقریبا پرش را فرو داد: «فکر کردم شب که کاری ازم برنمیاد. بذارم صبح چالش کنم تا برام دردسر نشه. شنیده بودم اگه خرس قطبی رو بزنی باید به محیط بانی جواب بدی. کاغذ بازی و مجوز و سوال‌جواب می‌خواد. واقعیتش رمینگتون رو از محلی‌ها بدون مجوز خریده بودم. ترسیدم دردسر شه. واسه همین فکر کردم صبح زود قبل از اینکه کسی بیاد چالش کنم. ولی صبح خرس نبود. هیچی نبود. (و لیوانش را سر کشید).»

توی بهت و حیرت ما مارتین گفت: «سرکارمون گذاشتی! رو مواد بودی فکر کردی خرس زدی.»

یکی از اوکراینی‌ها یواشکی برای بقیه تعریف کرد و مابقی یک‌هو زدند زیر خنده ولی با نگاه سرد کامیلا زود ساکت شدند. ژان فیلیپ به آرامی زمزمه کرد: «ولی خون، خون زیادی روی برف‌ها ریخته بود.»

یکی از پنجره‌های رستوران زیر فشار کولاک با زوزه باد هم نوا شده بود و جیر جیر ضعیفی می‌داد. حالت تهوع داشتم. هوای گرفته سالن و مشروب زیاد؛ حس می‌کردم اطرافم را بوی خون گرفته. بوی خون دلم را بهم میزد. انگار رد خون روی دست‌هامان و رطوبتش روی لباس‌هامان لکه کرده باشد. همه‌مان سکوت کردیم و جرعه‌های نوشیدنی‌مان را فرو دادیم.

: «گودی بدن خرس و لکه خون همونجا مونده بود. فکر کن جنازه رو یکی با هلیکوپتر برداشته و برده باشه. نه چیزی رو زمین کشیده شده بود نه رد خون جایی دورتر رفته بود. به شعاع پنج کیلومتر دورتادور کلبه‌ها رو خوب گشتم ولی هیچی نبود. آخرش هم برگشتم و روی خونا برف ریختم تا کسی نبینه. نمی‌دونستم شب بعدش کلبه‌ای اجاره رفته یا نه ولی اگه یکی می‌آمد و می‌دید چی فکر می‌کرد؟»

مارتین دوباره غرغر کرد: «قصه‌ات قشنگ بود ولی من نمی‌گیرمش. معلوم نیست تو جنگل چه قارچی گیر آوردی زدی که تا صبحش همینا رو دیدی. خرس قطبی اون پایین تو کبک؟ من قصه‌ات رو نمی‌گیرم. های بودی. الان هم سرت گرمه.»

: «منم فکر کردم شاید از بی‌خوابی شب قبلش باشه یا هرچیز دیگه. رفتم تو کلبه و از خستگی افتادم. با صدای کشیده شدن پنجه سگم به در بیدار شدم. اومد کنار من نشست و زل زد توی چشمام و گفت باید همون شب برم. گفت که نیمه شب می‌خوان منو بکشن و باید همون شب برم. بعدش هم رفت. دیدمش که روی تپه پیش گرگا وایستاده و زوزه می‌کشه. انگار همه منتظر بودن

نانوک

نیمه شب بشه. منم تریلر رو بستم پشت تراک و یه نفس تا اینجا روندم.»

ژان فیلیپ لحظه‌ای مکث کرد و ادامه داد: «گاهی شبا خواب می‌بینم یه پیرمرد ریش سفید و بلند قد توی برفا گیر کرده و لباسش همه خونه. از من کمک می‌خواد ولی من جای اینکه کمکش کنم از ترس بهش شلیک میکنم.»

سکوت طولانی شد. ژان فیلیپ با نگاهی مات و بی‌احساس به لیوانش خیره شده بود. سر کامیلا روی شانه او بود و دستاش دست چپ مرد کبکی را در مشت گرفته بود. دنی به کامیلا نگاه می‌کرد و دیمیتری با چشم‌های بسته چانه‌ش را بر بطری تکیه داده بود. اوکراینی‌ها همچنان در حال پچ پچ بودند و آنوشکا خر و پف میکرد. صدای مرد صاحب رستوران بلند شد: «بسه دیگه. رستوران تعطیله. ساعت از ۱۱ هم گذشته.»

چند دقیقه بعد با دیمیتری در پناه پلکان جلوی اتاقهامان ایستاده بودیم و سیگار آخر شب را دود می‌کردیم. کولاک برف کمتر شده بود و شدت سرما هم کمتر بنظر می‌آمد.

پرسیدم: «تو حرفاش رو باور می‌کنی؟»

دیمیتری پک عمیقی به سیگارش زد و سرش را به نشانه تایید تکان داد: «این داستان رو یکبار برای من تعریف کرده. وقت داشتم بهش فکر کنم. این اواخر یه چیزایی هم اتفاق افتاده که با داستانش جور در میاد.»

: «بذار برات یه چیزی بگم که شاید نشنیده باشی. اینوییت‌ها (بومی‌ها) برای خودشون یه جور دین دارن. یه سری خدا و اینجور چیزا. یه خدای شکار دارن به اسم نانوک که شکل یه خرس قطبیه. برای نانوک قربانی میکنن چون فکر میکنن اون بهشون قدرت شکار میده یا شکارچی‌هایی که بیش از حد شکار میکنن یا بی‌رحم هستن رو مجازات میکنه. می‌دونی از اون تاریخی که ژان فیلیپ اینجا اومده یک اتفاقاتی توی مدار بالای ۶۰ درجه افتاده. یخ‌ها دارن آب میشن. خرس‌های قطبی چون نمی‌تونن شکار کنن دارن از گرسنگی می‌میرن. یه سری از پرنده‌های مهاجر از سفر کردن دست کشیدن و توی همون محل‌هایی که تخم می‌ذاشتن موندن یا ماهی‌های دریاچه‌ها کم شدن. شکار کردن هم برای بومی‌ها خیلی سخت شده. شاید همه اینا واقعا به تغییرات اقلیمی ربط داره. شاید هم یکی نانوک رو اشتباهی کشته! می‌دونم فکر میکنی حرفام چرت و پرته ولی من حس بدی دارم و می‌ترسم توی کارگاه اتفاق بدی بیفته. برگشتنی با مایک صحبت می‌کنم ردش کنه بره!»

شب درست نخوابیدم. الکل زیاد خوابم را سبک می‌کند. حوالی دو صبح از سردرد بیدار شدم. قرصی پیدا کردم و خوردم و از سر بی خوابی از اتاق بیرون زدم و در تاریکی نصفه سیگاری کشیدم. از چند اتاق آنورتر صدای حرف زدن کامیلا و ژان فیلیپ می‌آمد و بین جمله‌ها فقط فحش‌های آبدارش قابل تشخیص بود.

فردای همان روز موفق شدیم به کارگاه برگردیم و قبل از غروب ژان فیلیپ را دیدیم که تریلر را به تراک کهنه‌اش وصل می‌کند. همگی غیر از هنک و کامیلا دورش جمع شدیم و براش آرزوی

نانوک

موفقیت کردیم و بعد از رفتنش کلی با داستان خرس شوخی کردیم.

روزهای بعد و اتفاقات بدتر در راه بود. اوایل بهار کارگاه ساختمانی ما توسط پلیس تعطیل شد و ما را بیرون کردند اما خبر از قبل در کل منطقه پیچیده بود. دیمیتری خودش تعریف کرد که جسد کامیلا را کنار ردیف توالت‌های موقتی ته کارگاه دیده که صورت و سینه‌اش شکافته شده. یکی از کارگران هم قسم می‌خورد خرس قطبی سفیدی با پوزه خونی دیده که به سمت جنگل می‌دویده ولی کسی حرفش را باور نکرد چرا که آن موقع سال و در آن محدوده کسی خرس قطبی ندیده است.

بعد از تعطیلی کارگاه مدتی در شهر ماندم تا اینکه مایک با ارتباطاتی که داشت کار پیمانکاری جدیدی گرفت و همگی به کارگاه جدید که این‌بار در نزدیکی شهر بود منتقل شدیم. من تا یکسال بعد از خودکشی هنک در کارگاه ماندم . بعدها شنیدم که کل آن کارگاه و اطرافش در آتش سوزی‌های طبیعی سوخته و از بین رفته است.

تابستان ۲۰۲۳

داینـاسور

تابستان آخرین سال اقامتم در شمال غرب، هوا بشدت گرم شد. در طول روز، نور خورشید به بدنه فلزی سه ساختمان موقت کارگاه می‌تابید و داخل را به بدجور گرم می‌کرد. حتی پنکه‌های کوچکی که در اتاق‌ها گذاشتیم و یا سقف چوبی موقتی که بالای ساختمان‌ها نصب کردیم، تغییری در وضعیت نداد و رئیسمان مایک، به ناچار برای هر کدام از ساختمان‌ها یک کولر گازی سفارش داد. خوشبختانه قبل از اینکه مجبور شویم مثل ورونیکا۔ که در انبار، تخته‌ها و چوب‌ها را روغن و رنگ می‌زد۔ نیمه‌عریان کار کنیم، کولرها رسیدند و بعد از نصب و بکار افتادن‌شان تابستان شمال غرب دوباره روی خوشش را به ما نشان داد. انگار درخت‌ها سبزتر شده باشند و ابرها پنبه‌ای‌تر.

بیرون ساختمان‌ها اما، گرما همچنان سخت و طاقت‌فرسا بود. از پشت پنجره می‌شد کارگران را دید که برای کارهایی که زیر سایه انجام می‌شد با هم بحث می‌کنند و یا خودشان را با شلنگ آبی که برای همین منظور در گوشه‌ای آویزان بود خیس می‌کنند. اینطور شد که ساختمان‌های ما پناهگاه‌هایی شدند برای هر کس که می‌توانست بهانه‌ای پیدا کند تا دقایقی از تیغ آفتاب آسوده باشد.

طبعا کسی به ساختمان مدیریت که دفتر کار مایک و بخش حسابداری بود تردد نمی‌کرد. مایک معمولا در دفترش حضور نداشت اما آنوشکا که حسابدارمان بود، اجازه نزدیک شدن هیچکس را به ساختمان مدیریت نمی‌داد. با این‌حال در دفتر دیمیتری و مارتین که بخش هماهنگی کارگران بود و همینطور ساختمان کنترل پروژه که بعد از مرگ هنک به دفتر شخصی من تبدیل شده بود، همیشه چند نفری نشسته و منتظر و یا ایستاده و در حال صحبت بودند. علیرغم اینکه مایک می‌دانست عملیات ساختمانی با این رفت‌وآمدهای بی‌مورد کند شده است، ولی بخاطر گرمای هوا مدارا می‌کرد و گاه به ما سر می‌زد و با کارگران خسته وارد صحبت می‌شد. من هم از فرصت استفاده می‌کردم، سرم را از نقشه‌ها و کامپیوتر بیرون می‌آوردم و به بهانه رفع خستگی به جمع می‌پیوستم و تئوری‌های بی سر و ته دیمیتری یا فانتزی‌های جنسی دنی را مسخره می‌کردم. آخر وقت هم معمولا اعضای اصلی و قدیمی گروه در اتاق کنترل پروژه (که از بقیه بزرگتر بود) جمع می‌شدند. بطری ودکای لهستانی و آب میوه یا بسته‌ی آبجوی خنکی از ناکجا پدیدار می‌شد. طی یک قرار نانوشته اولین بطری یا لیوان را به دست مایک می‌دادند که با عصبانیت دنبال شخصی که نوشیدنی را آورده بود می‌گشت ولی بعد از چند بار بالا انداختن شات، صدای خنده و سربه‌سر گذاشتن‌هایش از همه بلندتر می‌شد.

در آن روزهای سخت، عصرهای مستانه خاطرات خوشی برای من بود. همان‌هایی که یکبار دیمیتری وسطش خوابش برد و یا مایک بدمستی کرد و همه‌مان را برای نصف روز اخراج کرد و آن عصر خجالت‌آوری که ورونیکا در مستی یا هشیاری پستان‌های

بزرگش را که بوی عرق از بینشان بیرون میزد به سینه من چسباند، هر دو گونه ام را بوسید و باعث شوخی‌های بیشتر اعضای کارگاه شد.

آن صبح کذایی کسی در دفتر ما نبود و من وقت استراحتم را در پناه سایه‌ی ساختمان، سیگار می‌کشیدم. نگاهم به بیل مکانیکی بود که با حرکاتی آرام در حال حفر گودالی در روبرویم بود و بی اختیار در ذهن، دستور کار بیل مکانیکی را با برنامه پروژه انطباق می‌دادم که یکی از اعضای تیم ایمنی کارگاه توجهم را به خود کشید که از فاصله‌ای دورتر دستش را بشدت تکان می‌داد و به سمت بیل مکانیکی می‌دوید. ماشین به کندی از حرکت ایستاد و مَکس از کابینش بیرون آمد. یکی دو نفر دیگر که توجهشان جلب شده بود به سمت گودال حرکت کردند. وقتی مارتین را دیدم که بالای گودال کلاه ایمنی اش را برداشت و دست بر سر کم مویش کشید فهمیدم قضیه جدی است.

پیش از رسیدن من حدود پانزده نفر دیگر جمع شده بودند. بین جمعیت محمد را شناختم. دستی برای هم تکان دادیم. مکس که هنوز داخل کابین بیل مکانیکی نشسته بود با دستی که سیگار را نگه داشته بود به ما اشاره کرد تا جایی را نگاه کنیم . در محلی که بیل خاک را زخمی کرده بود نه لوله‌ای ترکیده بود و نه کابلی قطع شده بود. آنچه دیده می‌شد بنظر دو استخوان بزرگ می‌آمد که از خاک بیرون زده بود. بر تَل کنار گودال هم یک استخوان دیگر به چشم می‌خورد. مایک که تازه رسیده بود به لهستانی فحش داد

دایناسور

کوروا (kurva). مارتین غر زد: «بدبخت شدیم.» طرف محمد رفتم و پرسیدم: «چه خبر؟»

: «می‌بینی که. استخون پیدا شده! زنگ زدن پلیس بیاد.»

: «پس به فاک رفتیم. استخون چی هست؟»

محمد سری تکان داد و به سمت دیگری رفت و من به جمع خودمان در سمت دیگر گودال پیوستم ولی فکرم همچنان بین استخوان پیدا شده و محمد در نوسان بود. تاثیر عمیق زندگی در شمال غرب وقتی به چشمم آمد که بعد از دو سال زندگی در تنهایی و بدون همزبانی، محمد (به همراه همسرش) برای کار در بخش طراحی و نظارت از کلگری به شهر ما آمدند. همان چند روز اول، وانت دیمیتری را قرض گرفتم و جاهای مهم شهر کوچک‌مان را نشان‌شان دادم و در خریدهای اولیه کمک‌شان کردم. در شهر تعداد قابل توجهی خانواده مسلمان زندگی می‌کردند و چشمم به پوشش اسلامی غریبه نبود اما آن‌ها اهل شمال آفریقا بودند و پوشش زن محجبه ایرانی با حجاب عربی یا آفریقایی فرق داشت. از طرف دیگر دوستی خاصی بین من و همین جامعه محدود مسلمان شکل نگرفته بود و هم‌نشینان من همکاران کارگاه بودند که اغلب کانادایی و یا مهاجران اروپای شرقی بودند. در نتیجه، بعد از سال‌ها با مقنعه و روپوش روبرو شده بودم. نگاه زیر چشمی زن و روش حرف زدنش که برای هر سوالی محمدآقا را خطاب قرار می‌داد و جواب دادن به واسطه‌ی من برایم عذاب بود. و عجیب تر از آن، زمانی بود که دنبال پیدا کردن تشت یا چیزی مشابه برای رختشویی می‌گشتیم. چرا هیچوقت این مسأله

٤٢

که لباسشوییِ‌های مشترک آپارتمان‌های اجاره‌ای احتمالا نجس هستند به ذهنم نرسیده بود؟ این‌ها زمانی بدیهیات زندگی من بودند و حال می‌دیدم که دیگر از درک آنچه زمانی بدیهی بوده عاجزم. گرچه آپارتمانهای ما واقع در یک ساختمان بود، راه ما از هم جدا شد و جز معدود احوال‌پرسی‌ها و از آب و هوا گفتن‌های گاه‌وبی‌گاه ارتباطی برقرار نشد.

چند دقیقه بعد ماشین پلیس هم پیدا شد و مامور بعد از برانداز کردن گودال و استخوان‌ها توقف عملیات را اعلام کرد. همگی با سری پایین انداخته به ساختمان برگشتیم تا حداقل زیر باد کولر خنک بمانیم.

مایک گفت: «شانس بیاریم زود این ماجرا جمع شه. همینجوری هم از برنامه عقبیم. این‌دفعه اگه به زمستون بخوریم همین‌جا یخ میزنیم.»

مارتین جواب داد: «اگه استخون آدم باشه بیچاره می‌شیم. حتما کار این سرخپوستاس که یکی رو کشتن و چال کردن اینجا. شایدم قبرستون باشه.»

گفتم: «شاید یه جونوری باشه. استخوونه از مال آدم خیلی بزرگتر بود.»

مایک به مکس فحش داد: «همه اینا تقصیر اونه. اگه همون موقع استخونا رو با خاک قاطی می‌کرد هیچکی نمی‌فهمید.»

گفتم: «ولی تقصیر مکس نیست. یکی از بچه‌های ایمنی اونجا بود و داشت نگاه می‌کرد.»

مایک زیر لب غر زد: «این تیم ایمنی کارگاه بدرد هیچی جز عقب انداختن کار نمی‌خوره.»

عصر در حالی که بطری‌های آبجویمان را مزمزه می‌کردیم، از پنجره، دو ماشین پلیس دیگر را دیدیم که به کارگاه وارد شدند و این‌بار دورتادور گودال را نوار زردرنگی کشیدند و استخوان‌ها را با احتیاط در پلاستیک گذاشتند و با خود بردند. فردایش باز هم ماشین پلیسی کنار گودال ایستاده بود و مامور از خنکای کولرش ما را، و ما از خنکای اتاقمان او را نگاه می‌کردیم. یکی دو ساعت بعد ایمیلی از دفتر طراحی و نظارت رسید که می‌گفت برای تحقیقات بیشتر، قسمت شرقی کارگاه تا اطلاع ثانوی تعطیل است. همچنین، برای جلوگیری از تاخیر بیشتر، عملیات ساختمانی به شرط احتیاط و نظارت دائم از سمت دیگر کارگاه شروع خواهد شد و می‌بایست با گروه‌های تحقیقات که در کارگاه حضور دارند همکاری شود. مایک و مارتین که برای جلسه هماهنگی به دفتر طراحی رفته بودند، برگشتند. مایک داد زد: «گه به هر چی دایناسوره.»

شب که با وانت دیمیتری به شهر برمی‌گشتیم، صحبت دایناسور شد و از حرف‌هاش متوجه شدم که پیدا شدن استخوان دایناسور در شمال غرب چیز چندان عجیبی نیست و یاد دوران دبیرستان افتادم و لحن معلم جغرافی وقتی دوران‌های زمین‌شناسی را نام

می‌برد و ما می‌خندیدیم. حالا پارک ژوراسیک تبدیل به واقعیت زندگی ما شده بود و تعطیل‌مان کرده بود.

یک هفته‌ای طول کشید تا با هماهنگی دفتر طراحی، برنامه‌ی کاری جدیدی برای عملیات اجرایی آماده کردیم. در اواسط همان هفته با مایک در حال مرور نقشه‌ها بودیم که در اتاق را زدند. محمد به همراه دختر و پسر غریبه‌ای وارد اتاق شدند. دختر که خودش را آماندا معرفی کرد بلند قد و بشدت لاغر بود. پوست تیره‌ای داشت و موهای فرفری‌اش را بالای سر ـ مثل یک آتشفشان فوران کرده ـ بسته بود. بعدها فهمیدم اهل اوروگوئه است. پسر ـ دیوید ـ در تضاد با آماندا قد کوتاه بنظر می‌آمد و با آن چشم‌های بادامی و پوست سفیدش به نظر چینی می‌آمد اما برعکس آماندا انگلیسی را بدون لهجه حرف می‌زد و ظاهرا متولد یا بزرگ شده کانادا بود.

آماندا بود که اول شروع به حرف زدن کرد. با لحن آمرانه‌ای که با لهجه آمریکای جنوبی‌اش تهدیدآمیزتر بنظر می‌آمد خودش و دیوید را بعنوان دانشمندان تیم باستان‌شناسی معرفی کرد و به ما گفت تا محدوده صد فوتی گودال حق کار کردن نداریم.

مایک گفت: «شما محدوده رو علامت گذاری کنید تا ما بدونیم از کجا رد نشیم.» آماندا هم نگاهی به اطراف انداخت و نقشه‌ی روی میز را دید. خودکار آبی را از جیبش در آورد و دایره کج و کوله‌ای دور محل گودال کشید.

من بدون فکر گفتم: «اینجوری که ما مجبوریم اتاق‌هامون رو هم جابجا کنیم.»

آماندا جواب داد: «اگه نکنید به پلیس زنگ میزنم.»

من به مایک نگاه کردم که صورت سفیدش از شدت ناراحتی قرمز شده بود و بعد به محمد که با دهانی باز تیم باستان‌شناسی را نگاه می‌کرد که از در خارج می‌شدند. مایک بلافاصله بعد از بیرون رفتنشان فحش را بهشان کشید. محمد شانه‌ای بالا انداخت و دنبالشان رفت. من خط آبی دور گودال را نگاه کردم که از روی دوتا از ساختمان‌های موقت ما رد شده بود.

بنظر من و مارتین و دیمیتری بهتر بود بدون دردسر با تیم باستان‌شناسی کنار بیاییم ولی مایک فکر می‌کرد اگر نرمش داشته باشیم این دوتا بچه، کار را به تعطیلی می‌کشند. من راه حل میانه‌ای پیشنهاد دادم. نقشه‌ی دیگری پرینت گرفتم و با دقت فاصله صد فوتی را از مرکز گودال علامت گذاری کردم و بعد با یک خودکار آبی طوری دایره کشیدم که یکی از ساختمان‌ها که دورتر بود کلا بیرون خط افتاد. آن دیگری هم تنها نیاز به جابجا کردن در حد دو فوت داشت که مکس با جرثقیل کوچک شرکت براحتی انجامش داد. نقشه را به دیوار زدیم تا همه از محدوده ممنوعه آگاه باشند.

پنجره مشرف به گودال این خاصیت را داشت که از آن فعالیت تیم باستان‌شناسی را می‌دیدم. آنها خیلی زود کارشان را با برپایی چادری در کنار گودال شروع کردند. بعد، از همه چیز عکس گرفتند و با پرچم‌های رنگی، زمین اطراف را علامت‌گذاری کردند. روز دوم برای تهیه چند تخته در دفتر من پیدایشان شد و بهانه‌ای دست داد تا کمی گپ بزنیم. خوشبختانه علیرغم برخورد تند اولیه و شاید بخاطر بسته‌ی گَز اصفهانی که بهشان تعارف کردم

رابطه‌مان از حالت خصمانه بیرون آمد. حرف از اتفاقات کارگاه به دانشگاه و درس و تحصیلات کشیده شد و نیم ساعتی گپ زدیم. من در برخورد اول از دیوید خوشم نیامد. شاید بخاطر اینکه وقت حرف زدن دهانش جوری کج میشد که احساس کردم مرا مسخره می‌کند. اما آماندا گرچه زیبایی خاصی نداشت و حتی لباس پوشیدنش قدری شلخته بود، چیزی داشت که توجه مرا به خود جلب و صحبت کردن با او را خیلی لذت بخش کرد. با صحبت کوتاهی که با مایک داشتم قرار بر این شد تا همه چیزهایی را که کم داشتند در اختیارشان بگذاریم و با وعده یک بطری ودکا به دنی مجبورش کردم تا تعدادی پل چوبی برایشان درست کند تا رفت و آمدشان از تپه‌خاکهای اطراف گودال راحت‌تر شود.

اینها بهانه‌هایی کوچک شدند تا بالای گودال برویم و مواقعی که با دقت خاک را از روی استخوان‌ها کنار می‌زدند تماشایشان کنیم. آماندا موقع کار خیلی جدی و کم حرف بود. بعد از آنکه به ما اعتماد کرد، اجازه داد از روی تخته‌هایی که کنار استخوانها بود کارش را از نزدیک ببینیم. انگار که در کلاس درس و در حال تدریس باشد برای هر عملی که انجام می‌داد توضیح مفصلی می‌داد و کلی اصطلاحات تخصصی به کار می‌برد. آخر وقت‌ها کنار چادرش سیگاری با هم می‌کشیدیم و او به خاطرات بامزه‌ای که از ایران و یا اتفاقات کارگاه برایش تعریف می‌کردم با خنده‌هایی انفجاری واکنش نشان می‌داد. دیوید اما خیلی زود با دنی و دیمیتری گرم گرفت و وقتی به آبجوی عصر دعوتش کردیم رد نکرد. جالب‌تر اینکه بعد از خوردن یکی دو بطری آبجو جوری قرمز می‌شد که انگار صورتش آتش گرفته و با سومی طوری مست می‌شد که چند باری روی صندلی‌های اتاق‌مان بیهوش شد.

دایناسور

وضعیت کارگاه تقریبا به روال قبل برگشته بود. فشار کار زیاد بود
و می‌بایست محاسباتی را برای جایگزینی مصالح و حجم کار
آماده می‌کردم. در عین حال گاهی از پنجره اتاقم بازدیدکننده‌های
گودال را دید می‌زدم. گاهی یکی از نیروهای فنی یا کارگری از سر
کنجکاوی نگاهی به داخل گودال می‌انداخت و می‌گذشت. شاید
یکی دو نفری هم چند دقیقه‌ای بیشتر صرف دید زدن اسکلت
دایناسور می‌کردند. اما گودال چند نفر بازدیدکننده دایم داشت.
یکی از آنها دنی بود که با همان پوزخند همیشگی‌اش بالای گودال
می‌ایستاد، دستهاش را سایه‌بان چشم می‌کرد و از بالا آنها را تماشا
می‌کرد و دیگری محمد بود. یکبار وقتی بعد از ناهار با آماندا در
حال سیگار کشیدن بودم توجهم را جلب کرد. تعدادی کاغذ و
نقشه به دست گرفته بود و از مسیری زیگزاگی خودش را به گودال
رساند. فکر کنم از دور مرا نشناخت چراکه وقتی نزدیک ما رسید
بنظر آمد تصمیم به تغییر مسیر گرفته. چند گامی هم عقب رفت
اما تصمیمش دوباره عوض شد و جلو آمد و بی‌آنکه به من توجه
کند مشغول صحبت با آماندا راجع به دانشگاه و درس و زندگی
دانشجویی شد. آنقدر صحبت به درازا کشید که حوصله‌ام سر
رفت و قبل از آنکه مایک بخاطر وقت تلف کردن زیاد مواخذه ام
بکند آنها را ترک کردم. محمد تقریبا هر روز یک یا دو بار با
ابزارآلات نقشه‌برداری و گاه با چند کاغذ طراحی اطراف گودال
می‌پلکید و بعد ناپدید می‌شد.

در جلسات عصرگاهی اسم تیم باستان‌شناسی و مشخصا اسم
آماندا بیشتر از بقیه به گوش می‌رسید و من آنجا و بین جوک‌ها و
خنده‌ها با اصطلاح تَرَکِ لوله‌کش (plumber's crack) آشنا
شدم. دیده بودم وقتی آماندا بی‌توجه به اطراف روی زمین خم

می‌شود تا خاک را از روی استخوان‌ها کنار بزند بلوز نازکش بالا می‌رود و شلوار جینش از کمر پایین‌تر می‌افتد و خطی پدیدار می‌شود که به ترک لوله‌کش مشهور است. ظاهرا لوله‌کش‌ها به اینکه پشتشان را به دیگران بکنند و باسن‌شان پیدا باشد زیاد حساس نیستند.

من هم چند باری به بهانه تماشای اسکلت دایناسور، ترک مذکور را دید زده بودم. کمر لاغر و استخوانی آماندا که برجستگی‌های ستون فقراتش تا پایین‌ترین مهره امتداد داشت، در آفتاب داغ و مستقیم تابستان قرمز شده بود و شباهتی عجیب به اسکلتی داشت که با ظرافت دست او از دل خاک بیرون می‌آمد. با این حال توجه من آنقدر به عمق ترک لوله‌کشی او جذب نشد. در واقع حرکات دست او که استخوان‌ها را با نرمی و نوازش از گرد اطراف پاک میکرد، احساس آرامش عمیقی به من می‌داد. در خیالم حس کردم دستهایش پوست بدن مرا به آرامی از بالای گردن تا پایین ستون فقرات طوری نوازش کند که همه عضلاتم شل شود و اختیارم را از دست بدهم. خیلی زود خطر اعتیاد به تماشای آن انگشتها را فهمیدم. وقت‌هایی که برای استراحت در سایه چادر می‌نشست و ماری‌جوانا میکشید، خودم را کنترل می‌کردم تا به بهانه سیگار کشیدن بیرون نروم و انگشتان ظریفش را که با حرکتی ملایم عینکش را بالا می‌برد نگاه نکنم. شیطنت من از همین تماشا کردن‌ها فراتر نرفت و ترجیح دادم بجای سرگرم شدن با این اعتیاد گذرا سری به انبار بزنم و سربسر دنی بگذارم و ورونیکا را دید بزنم. دنی بود که موضوع را پیش کشید: «ها...حسین...تَبَغنک (Tabarnak) منظره پنجره اتاقت خوبه؟»

حواسم به بدن ورونیکا بود که عضلاتش با بلند کردن هر تخته، بزرگ و برجسته می‌شد. پرسیدم: «کدوم منظره؟»

دنی جواب داد: «منظره پارک ژوراسیک دیگه! خودم دیدم پشت پنجره می‌ایستی آماندا رو تماشا میکنی. دیدم یکی دوبار باهاش علف کشیدی. اون دوستت هم که شده دست راستش. براش عرق گردن و کمر رو پاک میکنه. تو که از بس تنها بودی و جَلق زدی حالی نداری ولی این هم‌وطنت خیلی دلش میخواد.»

اول منظورش را نفهمیدم: «محمد؟ نه...امکان نداره. تو ایرانی‌ها رو نمیشناسی. اون میره از درس و دانشگاه می‌پرسه. محمد ازدواج کرده...امکان نداره!»

دنی گفت: «شنیدم مسلمونا با چند تا زن می‌تونن ازدواج کنن نه؟ تبغنک! حسین منم میخوام مسلمون بشم.»

فکر کردم توی گوشی دنبال ترجمه ختنه به انگلیسی بگردم اما موضوع محمد کنجکاوی‌ام را بیشتر تحریک کرد. برای همین تماشا کردن عضلات ورونیکا را رها کردم و مستقیم به بالای گودال رفتم. کسی در گودال نبود. احتمالا برای خرید و یا گزارش‌نویسی جایی رفته بودند. نگاهی به اسکلت دایناسور انداختم که ستون فقراتش در گرمای زمین مواج و زنده بنظر می‌آمد. همان موقع بود که صدای قدم‌هایی را شنیدم که دور می‌شدند و توجهم به راه باریکی جلب شد که از پشت تپه خاکی‌ای که مکس درست کرده بود می‌گذشت و از پنجره ساختمان من پیدا نبود. چند قدمی دنبال صدا رفتم ولی کسی را ندیدم. تو مسیر برگشت اما رد پاهایی روی کپه خاک توجهم را جلب کرد. رد پاها

شاید مال جانوری بود که انگار همان پایین گودال ایستاده و بعد از همان کوره راه برگشته. فکر اینکه اینجا و در تنهایی خرسی بهم حمله‌ور شود ترساندم و به سرعت از جهت دیگر گودال به ساختمان موقت فرار کردم.

یک روز عصر دیوید در حالی که سرش از معجون آب گوجه‌فرنگی و ودکا گرم بود خبر به نظر خودش هیجان‌انگیزی به ما داد ولی با نوشیدن لیوان دوم و گیج شدنش متوجه سکوت عمیق جمع ما نشد. خبر این بود که در بررسی خاک اطراف اسکلت، بقایای انسانی پیدا شده. می‌شد از صدایی که از لای دندان‌های مایک خارج میشد «این جنده تا کارگاه رو تعطیل نکنه ولمون نمیکنه» را شنید.

وقتی دیوید از جمع بیرون رفت دیمیتری با طعنه به دنی گفت: «نمیشد قبلش کاندوم استفاده کنی؟ مکس ادامه داد: «خودم صداتو شنیدم از اونجا. هی آماندا بهت میگفت دست نزن. دست نزن.»

دنی اول به شوخی گفت: «اره...آره...» ولی وقتی نگاه غضبناک مایک را دید، همه تقصیرها را گردن محمد انداخت و احتمالا چیزهایی که دیده بود را با چند فانتزی جنسی دیگر مخلوط کرد و برای‌مان تعریف کرد. نصابمان اریکا و پیرمردی که باهاش کار می‌کرد هم محمد را دیده بودند که بالای گودال ایستاده و روی شلوارش را می‌مالد. با این توصیفات محمد که تا قبل از این ماجرا حضورش به اندازه ردیف درخت ورودی کارگاه نادیده

گرفته می‌شد بعنوان رقیب شیطنت‌های دنی و یکی از متهمان پیدا شدن بقایای انسانی در کنار اسکلت معرفی شد.

متهمین بعدی گروه سه نفره اوکراینی بودند که چند وقت قبل مایک اخراجشان کرده بود. مارتین قسم خورد که یکیشان را دیده که پشت یک دیوار در حال خود ارضایی بوده و تصور اینکه سه‌تایی بالای اسکلت ایستاده‌اند و به یاد تَرَک مذکور آبشان را رویش ریخته اند مضحک‌ترین شایعه پارک ژوراسیک ما شد. من برای اینکه تفریح عصرگاهی‌مان خراب نشود، چیزی از احتمال قدیمی بودن بقایای انسانی پیدا شده نگفتم و گاه با تایید اینکه کدامشان را بالای گودال دیده‌ام به شایعات دامن زدم.

ماجرا به همین سادگی به خنده و شوخی پیش نرفت. یک روز مرخصی گرفته بودم تا برای مصاحبه کاری تلفنی برای شرکتی در تورنتو آماده شوم و بعد از مصاحبه برای تمدد اعصاب و چند خرید جزیی از خانه بیرون آمدم. چند قدمی از خانه دور نشده بودم که پشت سرم صدای یکی را شنیدم که به فارسی صدایم می‌کرد: «حسین آقا...حسین آقا.»

همسر محمد احتمالا مرا از پشت پنجره دیده و به دنبالم آمده بود. هیچوقت او را با آن شلوار توپ توپی که به رانهای چاقش چسبیده و بلوزی نسبتا باز که روسری به زحمت شانه‌هایش را می‌پوشاند ندیده بودم. از نزدیک صورتی گرد و زیبا و چشمهایی بسیار خوش‌رنگ داشت که تیک عصبی چشم چپ بیشتر به نظر می‌آوردشان. بی‌مقدمه گفت: «حسین آقا ببخشید من یه سوال دارم میخواستم بیام در خونه‌تون که شما رو دیدم.»

با تعجب گفتم: «خواهش میکنم. بفرمایید. در خدمتم.»

: «حسین آقا، جان هر کی دوست دارین، جان مادرتون، راستش رو بگین. محمد آقای ما معتاد شده؟ چیزی میکشه؟»

توی ذهنم دنبال اسمش گشتم ولی یادم آمد هیچوقت نپرسیدهام.

: «محمد؟ معتاد؟ والا من خبر ندارم. سیگار نمیکشه. یا من ندیدم. من چیزی دستش ندیدم. واقعیتش...»

لحنش حالت تضرع به خودگرفت: «به امام حسین قسمتون میدم. جان عزیزتون. هر کی رو دوست دارین. بگین واقعیتش چیه.»

: «واقعیتش من محمد رو اونقدری نمیبینم که بگم معتاده یا نه. بنظرم از همکارای خودش بپرسید بهتره. مثلا از جیم.»

: «آخه دیدم شما جلوی در سیگار میکشید و یه وقتایی مواد هم میکشید. محمد آقا هم لباساش جدیدا بوی همون موادی که شما بهش معتادین رو میده. به من نمیگه ولی شما بهش مواد دادین؟»

شصتم خبردار شد بوی لباس محمد بیربط به ماریجوانایی که آماندا دود میکند نیست. اما تعریف کردن ماجرای پارک ژوراسیک و دایناسور برای این زن جوان احتمالا موجب سردرگمی بیشتر میشد.

: «واقعا من نمیدونم چی بگم. توی کارگاه خیلیا علف میکشن. شاید محمد جایی بازدید میکرده بوی علف به لباسش چسبیده.»

چشم‌های زن دیگر آن حالت زیبایش را نداشت و تیک عصبی تقریبا یکی‌ش را کامل بسته بود.

: «منو احمق نبینید حسین آقا! شماها معلوم نیست توی کارگاه چیکار می‌کنید. محمد آقا ساده است. شوهر ساده منو برای لاپوشانی کارهای خلاف‌تون معتاد کردین. محمد که چیزی نمیگه ولی من میدونم کار خودتونه. خدا ازتون نگذره.»

چشمان هیزم باسن این زن را که در آن شلوار توپ‌توپی موج می‌خورد و دور میشد با ترک لوله‌کش آماندا مقایسه می‌کرد ولی ذهنم جای دیگری بود. ما مهاجرهایی بودیم در سرزمینی که هیچ شباهتی با خاک مادری‌مان نداشت. بین آدمهایی که دنیا را جور دیگری درک می‌کردند زندگی می‌کردیم. بدی‌ها و خوبی‌ها در این سر دنیا شباهتی با آنچه که باور کرده بودیم و با آن بزرگ شده بودیم نداشت. در نهایت این ما بودیم که مجبور به انتخابی دردناک بین تقابل یا رها کردن گذشته می‌شدیم. منی که رها کرده‌ام بازنده‌ام و اویی که حاضر به پذیرش نیست و همچنان مقاومت می‌کند بیش از من باخته. تمام عصر را ـ بعد از دود کردن آخرین سهمیه ماریجوانای آن ماه ـ توی باری نشستم، موسیقی دانوب آبی گوش دادم و والس باشکوه دایناسورهای کون گنده و کون استخوانی، ریشو و با حجاب، آستین کوتاه و شورت و سوتین پوش و نپوش را با لیوانی آبجو در دست تماشا کردم. وقتی که در تاریکی هوا به آپارتمانم برمیگشتم نگاهی به واحد محمد و همسرش انداختم. چراغ‌هاشان خاموش بود.

ماجرای پارک ژوراسیک در عرض یک آخر هفته به پایان رسید و دوشنبه صبحی که اتفاقا هوا رو به خنکی می رفت دیگر اثری از چادر دانشمندان باستان‌شناسی و پرچم‌هایی که محدوده‌اش را مشخص کنند نبود و تنها تفاوت قابل توجه را می‌شد در رشد ارتفاع تپه‌های دور محوطه دید. چند نفری که کنجکاو بودیم بالای گودال جمع شدیم اما اثری از استخوان‌های دایناسور ندیدیم. انگار در طول آخر هفته همه چیز را جارو کرده و برده بودند. همان روز از دفتر طراحی ایمیل رسید که عملیات باستان‌شناسی به پایان رسیده و می‌توانیم کار را در محوطه گودال طبق دستور قدیم پیگیری کنیم. مایک از من خواست تا پایان ماجرا را از محمد بپرسم اما او هم چیزی برای گفتن نداشت.

مشکلات اجرایی و تاخیرهایی مثل ماجرای دایناسور، باعث شد که تا پایان زمستان در همان کارگاه ساختمانی مشغول باشیم. اما محمد و همسرش با شروع اولین برف شهر را ترک کردند. وقتی مشغول جمع آوری وسایل بودند از سر ادب تماسی گرفتم و برای اولین و آخرین‌بار به آپارتمان‌شان دعوت شدم. در تمام مدتی که در آپارتمان‌شان نشسته بودم، توجهم بیش از محمد به همسرش بود که این بار کنارش نشسته بود و از روبرو به من خیره شده بود. چشم‌هایش دیگر تیک عصبی نداشت و عمقی دلنشین به صورت قاب‌گرفته با روسری‌اش می‌داد. چند باری با من هم‌صحبت شد و حتی یک بار در بد گویی‌هایش از مردم شهر، مرا حسین آقای خودمان خطاب کرد. من و محمد خاطرات بامزه کارگاه را مرور کردیم ولی متوجه شدم که با احتیاط خیلی زیادی از نزدیک شدن به موضوع پارک ژوراسیک دوری می‌کند. بدون اینکه اشاره‌ای به

موضوع بکنم شماره تماس دیوید را از او گرفتم تا بعدتر ماجرا را مستقیما و بدون واسطه پیگیری کنم.

اقامت من در شمال غرب به زمستان بعدی نکشید و من هم چند ماه بعد با دریافت یک پیشنهاد کاری در تورنتو شهر را برای همیشه ترک کردم. قبل از ترک شمال غرب، تصمیم گرفتم چند روزی را در آلبرتا و با دوستان قدیمی‌ام بگذرانم. این بهترین فرصت بود تا با دیوید هم تماس بگیرم و جویای کنجکاوی‌ام شوم. در یکی از عصرهای خنک ادمونتون در میخانه‌ای قرار گذاشتیم. بعد از گرم شدن سرها دوباره ماجرای استخوان‌ها را پیش کشیدم. خندید و گفت که اصلا دایناسوری در کار نبوده.

ظاهرا زمانی که استخوان‌ها پیدا می‌شوند، دانشجویان فعال در آزمایشگاه تعیین قدمت، در چندین مورد اشتباهاتی می‌کنند و در بهم ریختگی آزمایشگاه فراموش می‌کنند تا بعضی نتایج را کنترل و تصحیح کنند. گروه دیوید و آماندا هم که روی پروژه دیگری کار می‌کرده‌اند به توصیه استاد هیجان‌زده‌ای شروع به درآوردن اسکلت‌ها می‌کنند و وقتی که آثار انسانی با قدمتی سه هزار ساله پیدا می‌شود به نتیجه آزمایش قبلی شک می‌کنند. آنجاست که بعد از آزمایش دوباره متوجه می‌شوند که این اسکلت در واقع متعلق به یک سگ خیلی بزرگ و غیر عادی می‌باشد که احتمالا در زمان حیاتش برای قبیله و یا صاحبش مهم بوده و جسدش را با استخوان و یادگاری‌های صاحبش دفن کرده‌اند. دیوید گفت اگر به عملیات حفاری ادامه می‌دادند، احتمالا جسد صاحب سگ و یا چیزهای دیگری هم پیدا میکردند. در واقع شاید از منظر مردم شناسی و یا مطالعات جانوری اتفاق ارزشمندی می‌بود اما

امیر حسین بختیاری

دانشگاه به علتی نامعلوم و شاید به دلیل هزینه زیاد ترجیح داده قضیه تا جای ممکن بدون جلب توجه تمام شود.

از آماندا هم پرسیدم. گفت پیشنهاد استادی یکی از دانشگاه‌های خوب شیلی را پذیرفته و به تازگی کانادا را ترک کرده.

تابستان ۲۰۲٤

عقرب

حوالی ساعت شش صبح از شدت سرفه از خواب بیدار می‌شود. ته مانده قوطی آبجو را سر می‌کشد تا شاید گلویش را تازه کند. سوزش معده به سرفه اضافه شده و خواب را به کل از یادش می‌برد. یادش می‌آید در یک هفته گذشته چیزی جز آبجو، نوشابه، یا لبه‌های خشک شده‌ی پیتزا نخورده است. بلند می‌خندد. از همان خنده‌های چندش‌انگیز که وقتی در کارگاه اشکالی پیدا می‌کرد سر می‌داد. خنده‌اش به سرفه‌های خشک تبدیل می‌شود. سعی می‌کند در سطل آشغال کنار تخت تف کند ولی خلطی از گلویش در نمی‌آید . یاد همان حرف قدیمی می‌افتد که «تا وقتی میتونی تف کنی امیدی هست....»

به هر زحمتی هست از تخت بیرون آمده و روی مبل کهنه و بزرگ، جلوی تلویزیون، می‌نشیند. از بسته سیگاری که روی میز افتاده آخرین نخ را بیرون کشیده و با فندک سیاه‌رنگش روشن می‌کند. به تصویر خودش که در قاب تیره‌ی تلویزیون افتاده خیره می‌شود و همان آخرین سیگار تصمیمش را قطعی می‌کند. موبایل را از کنار زیرسیگاری برداشته و چند پیام از جمله تبریک تولد مرا می‌بیند. با انگشت‌های کلفتش متن را تایپ می‌کند و وسط کار از بطری نیمه پر و گرم نوشابه خانواده جرعه جرعه می‌نوشد. بعد خودش را تا دستشویی کوچک کنار ماشین‌های لباسشویی

می‌کشاند و متن را در حالی که روی توالت نشسته دوباره می‌خواند. چند جایش را عوض می‌کند. مبل کهنه را به زحمت هل می‌دهد تا به نقطه‌ی مناسب برسد.

بند رخت کهنه‌ای که شب قبل بریده را دو لایه کرده و دور گردنش حلقه می‌کند. یکی دو باری می‌کشد تا سرفه‌اش می‌گیرد و چشمانش سیاهی می‌رود. بین سرفه‌های پیاپی دکمه ارسال پیام را زده است. روی مبل ایستاده و سر دیگر طناب را به لوله فاضلاب سیاه رنگ بالای سرش گره زده. دوباره سرفه‌اش گرفته ولی و این‌دفعه صبر نکرده تا سرفه قطع شود. خودش رو از لبه مبل سر میدهد پایین.

اینها همان موقع که در لابی بیمارستان ایستاده بودیم از ذهنم گذشت. دنی داشت تعریف می‌کرد که زنک صاحبخانه برای روشن کردن لباسشویی به زیر زمین می‌رود و از در باز اتاق، بدن آویزان از طنابِ هنک را می‌بیند. آنقدر جیغ می‌زند که بقیه مستاجرها به زیرزمین می‌دوند. یکیشان به نهصد و یازده زنگ می‌زند و آمبولانس چند دقیقه بعد می‌رسد.

من در حال دویدن روی تردمیل بودم که مایک زنگ زد. از آن شنبه‌های سرد پاییزی بود که به خودت می‌گویی امروز برای خودم است و هیچ کار مهمی نمیکنم ولی هیچوقت این بی‌برنامگی‌ها درست پیش نمی‌رود. اول اعتنایی نکردم ولی فکر کردم شاید در کارگاه اتفاقی افتاده. مایک پشت تلفن چیزی راجع به خودکشی نگفت و من تصور کردم هنک را یکبار دیگر به دلیل چندین و چند بیماری‌ای که گاه و بیگاه عود می‌کنند بستری کرده‌اند. فکر

می‌کردم نه بار اول است که هنک را به بیمارستان می‌برند و نه بار آخر. دفعه قبل انسداد روده. دفعه قبل‌تر کاهش اکسیژن خون و یک بار هم صورتش آنقدر باد کرده بود که مثل ننه حسن همسایه‌مان در بچگی‌هایم شده بود. هر بار دو سه روزی بیمارستان می‌ماند و می‌بایست بعد از ساعت کاری، نقشه‌ها و محاسبات را برایش می‌بردم و غرغرها و دستورات او را در حالی که روی تخت دراز کشیده بود و سرفه میکرد گوش می‌دادم. حالا که هنک از کارگاه رفته بود دلیلی نمی‌دیدم برنامه عالی هیچ کاری آخر هفته را برایش بهم بزنم. اما از مایک خجالت کشیدم.

وقتی رسیدم برادر هنک را دیدم که کنار ورودی بیمارستان در تراک‌اش نشسته و سیگار می‌کشد. از دور شبیه هم بودند ولی از نزدیک کله کم‌مویش متفاوت‌شان می‌کرد. بغیر از هیکل، در اخلاق هم شبیه یکدیگر بودند. این‌یکی چند خیابان آنورتر توی مکانیکی کار می‌کرد و گاه برای تعمیر ماشین‌های شرکت می‌دیدمش. هر بار که مرا صدام حسین صدا می‌کرد دوست داشتم با یکی از آچارهای تعمیرگاه توی سرش بکوبم. سری برای هم تکان دادیم و داخل رفتم. دنی و مارتین و آنوشکا قبل از من رسیده بودند.

دنی داشت ماجرا را تعریف می‌کرد. چشمانش قرمز بود و با هر نفسش بوی گند الکل می‌پراند. آنوشکا را ظاهرا بزور از رختخواب بیرون کشیده بودند. موهای بلند و سیاهش شانه نکرده و صورتش هنوز پف داشت. مارتین اما مثل کسی که شاش دارد، بی تاب این پا و آن پا می‌کرد. مایک هم چند دقیقه بعد از سمت دیگر راهرو آمد و به ما ملحق شد . از حرفهای دنی فهمیدم که او از پنجره

خانه اش آمبولانس را می‌بیند و بعد گروه امدادی و در آخر هنک را که به برانکارد بسته و از خانه بیرون می‌کشند. با چرب زبانی تمام جزئیات را از مستاجرها و صاحبخانه می‌گیرد و اول به برادرش و بعد به مایک زنگ می‌زند. دنی در حال تعریف کردن این بود که از برادر هنک هم شنیده او قبل از خودکشی متنی برایش فرستاده ولی جدی نگرفته...من از جمع جدا شدم و به اتاقی که هنک در آن بستری بود رفتم.

سکوت اتاق را صدای دستگاه تنفس مصنوعی بهم زده بود. بدنش هیچ حرکتی نداشت الا سینه‌اش که با شدتی غیرعادی بالا و پایین می‌رفت. دور گردنش آتل سفید و بزرگی بسته بودند. چندین لوله و سیم به رگها و سرش وصل بود. لوله دیگری هم در گلویش فرو رفته بود. صورت سفیدتر از معمول و لب‌ها کلا سفید بود. دست چپش را در دست گرفتم، همانی که روی بازویش یک شیطان کوچک نیزه بدست خالکوبی شده بود. دستش گرم بود.

پرستاری وارد اتاق شد و علایم حیاتی را چک کرد. قبل از اینکه بیرون برود وضعیت هنک را پرسیدم و پرسید چه نسبتی با بیمار دارم. در سکوت من با بی‌اعتنایی بیرون رفت. فکر کردم واقعا با هنک چه نسبتی دارم؟ چند سالی می‌شد که می‌شناختمش. دو سالی در کارگاه کذایی وسط جنگل با نصاب‌ها و کارگرها در یک خوابگاه می‌خوابیدیم. بعد از بسته شدن کارگاه همگی به شهر آمدیم. مدتی بیکار مانده بودم و به فکر برگشتن به ونکوور بودم که مایک تماس گرفت و خواست در کار پیمان‌کاری جدیدی که گرفته به هنک کمک کنم.

احتمالا خودش مرا توصیه کرده بود . مایک هم می دانست که بجز من هیچکس تحمل اخلاق و رفتارش را ندارد و روی دستمزد سخت نگرفت. گرچه وقتی متوجه شد دستمزد من بیشتر از خودش است هم رفتارش با من تندتر شد هم با مایک بحثش گرفت. کج خلقی‌ها منحصر به اتفاقات کوچک نبود. گاهی بد مستی می‌کرد و یکی دو روزی نمی‌آمد. یا در جلسات با کارفرما مسخره‌شان می‌کرد و گاه با نصاب‌ها دعوا می‌گرفت. آخر صدای مایک را هم درآورد و هنک هم در وسط بحثشان فریاد زد که کارگاه را برای همیشه ترک می‌کند. شاید انتظار داشت دنبالش برویم و مثل بقیه قهر کردن‌هایش برش گردانیم. اما برای آخرین‌بار، بدون بدرقه‌ای، سوار ماشین اجاره‌ای، گم شد.

روز پیش بود که یک بسته آبجو برایش خریدم و پشت در خانه‌ای که ساکن زیرزمینش بود گذاشتم و پیام دادم قبل از آنکه بقیه مستاجرها کش بروند برش دارد اما مثل تمام تماس‌های بی‌پاسخ این چند وقت، پیامم بی‌جواب ماند. شاید اگر در زده بودم و دیده بودمش کاری برایش می‌کردم . شاید امروز زنده بود.

صدای دستگاه آنقدر بلند بود که متوجه ورود دمیان (پسر بزرگ هنک) نشدم. آهسته وارد اتاق شده، در طرف دیگر تخت ایستاده و به صورت هنک خیره شده بود .چهره‌اش بی‌حالت بود یا شاید بیشتر خسته می‌زد. می‌دانستم به تازگی پدر شده و نوزادش نارسایی قلبی دارد و احتمالا در همین بیمارستان بستری است. سعی کردم با زبان انگلیسی الکن چند جمله‌ای برای احترام سرهم کنم. دمیان آهسته تشکر کرد .

پدر و پسر را تنها گذاشتم تا از بخش بیرون بروم و سیگاری بکشم.

دیمیتری و دنی در سایه پارکینگ، دور از ورودی سیگار می‌کشیدند. دنی تا مرا دید پوزخندی زد: «ها حسین تبغنک ! (Tabarnak).... اگه لولو (Lulu در زبان عامیانه اهالی کبک به معنی دوست خیلی نزدیک یا رفیق) بمیره دیگه هیچکی نیست جای تو رو تو دفتر بگیره .خیالت برای همیشه راحت میشه.»

دیمیتری بجای من جواب داد: «دنی تو باید خوش باشی که اون هزار و دویست دلاری که توی قمارخونه ازش قرض گرفتی رو دیگه لازم نیست پس بدی.»

چهره دنی در هم رفت: «تو برای چی تو کاری که بهت مربوط نیست دخالت میکنی؟ من پولش رو با قرضی که "لی" گرفته بود تسویه کردم. حالا به هوش میاد خودش میگه.»

دیمیتری سری تکان داد و گفت: «گوش کن! همه می‌دونن تو چه عوضی‌ای هستی. شانس بیاری هنک بمیره وگرنه خودم پول رو از حقوقت کم می‌کنم و می‌دم بهش.»

دنی با خشم سیگارش را زمین انداخت و در حالی که زیر لب به فرانسوی فحش می‌داد به داخل ساختمان برگشت. من و دیمیتری در سکوت به بازی نور و سایه بین دود سیگارهامان خیره ماندیم. دیمیتری ناگهان سکوت را شکست: «هیچوقت ازش خوشم نیامد. همون موقعی که نصاب بودم یکبار به مایک گفتم اگه یکبار دیگه توی کار من دخالت کنه می‌کشمش. بعدش هم که سرکارگر شدم می‌شنیدم میره پیش مایک از من بد میگه. پشت سر

تو هم حرف می‌زد می‌گفت این هیچی بلد نیست. هر اشتباهی که توی کار بود رو می‌نداخت سر تو. من واقعا نمیدونم چطور این همه مدت باهاش کار کردی.»

باز هم سکوت کش افتاد تا جواب دادم: «می‌دونی. اوایلش مثل شکنجه بود. بعد یک مدت فکر کردم هنک هم یک جونور وحشیه. مثل یه عقرب یا یه جونور دیگه که همه چیزش روی غریزه‌اش می‌گرده. غریزه‌اش گفته برای زنده موندن باید حسین رو نیش بزنی تا مزاحمت نشه. یا چون دیمیتری به رئیس نزدیک‌تره باید بهش حمله کنی.»

دیمیتری ته سیگارش را روی دیوار کشید و خاکسترش را با دست پاک کرد: «ما همه‌مون جونوریم. اینجا همه‌مون رو یه مشت وحشی و دیوونه کرد.»

در لابی بیمارستان آنوشکا روی مبل خاکستری رنگی نشسته بود و مایک روبرویش روی مبل نارنجی رنگ. بقیه ایستاده بودند. مایک به سینی کاغذی تیم هورتونز که روی میز بود اشاره کرد و هر کدام یکی برداشتیم. دیدن همکاران در صبح شنبه و در مکانی غیر از کارگاه حس عجیبی داشت. انگار همین یک روز هم که فرصت دور شدن از چشم همدیگر را داشتیم هدر داده باشیم. مارتین بدنش را قوسی داد و گفت: «این مرتیکه زنده بودنش یه دردسره، مردنش یه دردسر.»

آنوشکا با چشم غره ای ساکتش کرد: «خفه شو مارتین. هر چی بوده ده سال همکار بودین. یادته اومدی تو کارگاه هیچی بلد نبودی؟»

مارتین لیوان قهوه‌اش را تکان داد و گفت: «آره...آره یادمه...مایک منو گذاشت با هنک کار کنم ولی تنها کاری که یادم داد این بود که تکه‌های الوار رو یک به یک بدم دستش. حتی اجازه بریدن یه تکه کوچیک رو هم به من نداد! هر دفعه دست میزدم می‌گفت کثافت‌کاری نکن من وقت ندارم جمعش کنم.»

مایک جوابش را داد: «ولی همچین بی‌عرضه هم نبودی. وقتی اومدی گفتی خودم تنهایی کار می‌گیرم. همه چیز رو یاد گرفته بودی.»

مارتین قهوه‌اش را مثل لیوان آبجو بالا برد و گفت: «یه کم روی استعداد خودم حساب کن. درسته هیچی یاد نمی‌داد ولی از روی کار کردنش خیلی چیزا یاد گرفتم.» و انگار که به سلامتی بگوید قهوه‌اش را کج کرد و جرعه‌ای نوشید.

من گفتم: «اون باری که توی اتاق ما بهش گفتی بازنده خیلی ناراحت شد.» مارتین قهوه را پایین آورد و در سکوت به آن خیره شد. همه ساکت بودند و به مارتین نگاه می‌کردند.

کلمه بازنده (Loser) مثل خیلی کلمات دیگر در انگلیسی معنای متفاوتی دارد. بازنده وقتی برای یک شخص به کار میرود می‌تواند معنی‌ای خیلی عمیق‌تر و چیزی میان ورشکسته، مفلس، پاک باخته، آخر خط یا اینطور چیزها را بدهد.

البته یادم هست مارتین بلافاصله از حرفش عذرخواهی کرد اما هنک بقیه عصر را جلوی ساختمان ایستاد و سیگار کشید و یا در

دفتر به جایی خیره ماند و کاری نکرد. این‌ها چند روزی قبل از آخرین قهر کردنش اتفاق افتاد.

همان موقع دمیان را دیدیم که از راهرو به سمت ما می‌آید. در صورتش نه ناراحتی دیده می‌شد نه خوشحالی. همگی برایش دست تکان دادیم. به جمع ما ملحق شد. مایک مبل کنارش را تعارف کرد ولی دمیان با سر رد کرد و کنار من ایستاد .

مایک پرسید: «با دکترش صحبت کردی؟»

دمیان سری به نشانه مثبت تکان داد: «میگن عملا مرده. اگه دستگاه‌ها رو جدا کنن قلبش وای می‌ایسته.»

و وقتی در سکوت ما سوال بزرگ را حس کرد ادامه داد: «منتظر میمونیم تا لی هم بیاد و ازش خداحافظی کنه. بعد دستگاه رو جدا می‌کنن.»

لی، پسر دوم هنک، را هم می‌شناختم. دو سه ماهی برای شرکت کار کرد. برعکس دمیان که قد بلند و هیکلی عضلانی داشت لی، کوتاه و لاغر با صورتی شبیه پسرهای پانزده ساله بود. پیش از آمدن به کارگاه به جرم حمل و فروش کوکائین دو سالی را در زندان گذرانده بود. به نظرم هنک این یکی را بیشتر از دمیان دوست داشت. انگار جوانی خودش را در لی می‌دید. شاید برای همین بود که باقی پس‌انداز بازنشستگی‌اش را که در قمار نباخته بود، هزینه وکیل کرد تا او را از زندان بیرون بکشد. لی چند باری در دورهمی‌های بعد از کار به ما پیوست. ظرفیت عجیبی در نوشیدن داشت و بدون اینکه حرفی بزند، بطری‌های آبجو را یک به یک

خالی کرد. در چشمانش چیزی بود که مرا خیلی می‌ترساند. یک خالی بودن ترسناک. یک روز او هم دیگر به کارگاه نیامد و چند وقت بعد معلوم شد این بار بخاطر نزاع مسلحانه با خریداران کوکائین دستگیر شده و مستقیما به زندان ایالتی منتقل شده.

آنوشکا از سر بیکاری با گوشی‌اش شبکه‌های اجتماعی را بالا و پایین کرد. دنی برای دمیان از یکی دوباری که از لی کوکائین خریده بود گفت. مارتین و مایک با هم صحبت می‌کردند. دنبال دیمیتری گشتم اما پیداش نکردم. انگار که به سکوت نیاز داشته باشم دوباره به اتاق هنک برگشتم و به خطوط روی مانیتور خیره شدم.

هنوز دستش گرم بود. احساس کردم شاید بعد از ماجراهای کارگاه توی جنگل و کشته شدن کامیلا ، مرگ و از دست دادن برایم عادی شده باشد، اما حالا مرگ هنک اتفاق می‌افتاد و هیچ چیزش عادی نبود. دنی راست میگفت. من احتمالا دیگر نگرانی خاصی برای از دست دادن کارم نخواهم داشت. دنی نیازی به پس دادن پولش ندارد و هم دیمیتری و هم کارگرهایش نفس راحتی خواهند کشید. دیگر مایک درگیر دعواهای بی‌مورد کارگاه نمی‌شد و آنوشکا با خیال راحت حساب‌های مالی را از روی فایل‌های اکسلی که می‌ساختم کنترل می‌کرد.

یک آن احساس کردم صدای هنک از لابی بیمارستان می‌آید. از اتاق بیرون آمدم و برادر هنک را دیدم که با همان لحن و صدا در حال حرف زدن با جمع است و از وصیت‌نامه‌ای می‌گوید که او پیش از خودکشی برایش ارسال کرده. همه ساکت ایستاده بودند.

نگاه برادر هنک به من هم افتاد و پوزخندی زد: «راجع به تو هم هست صدام حسین.»

صورت مایک مثل لبوی پخته شده بود. دیمیتری پرسید: «حالا وصیت‌نامه به کنار، مراسم یادبود و خاکسپاری چی میشه؟»

: «مراسمی در کار نیست. گفته مراسم نگیرید. من هم که پولی ندارم براش کلیسا و قبر و تابوت بگیرم. خودش هم که پولی باقی نذاشته.»

مارتین گفت: «پس هیچی؟»

: «هیچی. هزار و ششصد دلار هم هزینه خاکستر کردنش می‌شه.

دمیان سر تکان داد و گفت: «یک کاریش می‌کنم.»

مایک حرفش را قطع کرد: «اونو من میدم.»

برادر هنک بدون خداحافظی جمع را ترک کرد. ما ماندیم و لیوان‌های خالی تیم هورتونز. مایک کنار آنوشکا نشست و او دستش را دور گردنش انداخت و گفت: «تَتَه (بابا به لهستانی) تقصیر تو که نبوده بی خیال. اصلا بذارین یک چیزی براتون تعریف کنم.» و از آن روزی گفت که هنک را بخاطر یکی از صورتحساب‌ها مواخذه کرده و او هم مثل بچه‌ها در دفتر گریه کرده بود.

بعد مایک ماجرای آشنایی‌اش با هنک و استخدام کردنش را تعریف کرد. اینکه تا وقتی که مست نبود بهترین نصاب منطقه بود و بعد از مستی کثافت‌ترین‌شان.

من از این داستان‌ها زیاد داشتم ولی واقعا حوصله تعریفش نبود: شبهایی که به بهانه کار اضافی در دفترمان می‌ماند تا با اینترنت شرکت فیلم پورن نگاه کند یا بطری مشروبی که پر از شاش و ودکا کرده بود و تقریبا همه جرعه‌ای از آن نوشیده بودند.

وسط خاطره تعریف کردن‌ها، دیمیتری موبایلش را نگاه کرد و با خواندن پیام روی آن صورتش در هم رفت و به نگاه پرسشگر ما گفت: «برادر هنک وصیت اش رو برام فرستاده.»

پوزخند دنی بر لبش خشک شد. مایک دوباره صورتش را در دستانش فشار داد و آنوشکا دست مارتین را گرفت. من رو چرخاندم و به بخاری که از دودکش ساختمان روبرو بیرون میزد خیره شدم . دلم نمیخواست چیزی از وصیت نامه بدانم. احتمالا من را مقصر مرگش اعلام کرده بود. مهاجری که از ناکجا پیدا شده، جوانتر بوده و چیزها را سریعتر یاد میگرفته؛ گرچه انگلیسی را خوب حرف نمیزده اما سریع بوده، با کامپیوتر راحت بوده و جایگزین اویی شده بوده که سالها تجربه کاری داشته.

آنوشکا اول به حرف آمد: «بچه‌هام خونه تنها هستن. مارتین اگه دوست داری بمون ولی من باید برم...تته برای شام میایم خونه‌تون باشه؟» و از جا بلند شد. مارتین ادامه داد: «منم میام. باید برم کندین تایر یه چیزی برای ماشینم بخرم. دوشنبه توی کارگاه می‌بینمتون.»

بعد از رفتن‌شان مایک دستش را روی شانه دمیان گذاشت: «واقعا متاسفم. من و هنک دوستای خیلی قدیمی بودیم ولی از پارسال همچین روزی قابل پیش‌بینی بود. باور کن کاری از دست ما بر نمیامد. دوشنبه بیا کارگاه. چند تا دونه ابزار ازش مونده که بابت بدهی‌اش نگه داشته بودم. فکر می‌کردم سر عقل میاد و برمی‌گرده ولی هیچوقت دنبالشون نیومد. مال خودش بود، الانم مال توئه. اگه هم نخواستی خودم ازت می‌خرم.»

دیمیتری حرف مایک رو ادامه داد: «بیمه کمکی هنک رو حتی وقتی کار نمی‌کرد قطع نکردیم و یک بیمه عمر هست شاید بتونی ازش استفاده کنی. اومدی کارگاه یه سری هم به دفتر من بزن تا زنگ بزنیم بیمه.»

من هم گفتم: «واقعا متاسفم. هنک هم همکار بود و هم معلم. سعی کردم کمکش کنم. واقعا متاسفم.»

دمیان گفت: «می‌دونم. می‌دونم. همه چیزایی که گفتین رو می‌دونم.» و با همه‌مان دست داد.

وقتی کنار وانت دیمیتری سیگار آخرمان را می‌کشیدیم ماشین پلیسی را دیدیم که لی را با دستبند از آن بیرون آوردند و به داخل بیمارستان بردند. دیمیتری پیشنهاد داد تا جایی از مسیر برسانده‌م. در راه دیگر نتوانستم خودم را کنترل کنم و اشکهایم با صدای هق‌هق بلند جاری شدند. دیمیتری در سکوت رانندگی کرد.

پاییز ۲۰۲۴

پرده‌هایی به رنگ خون

من اول رسیدم. داخل تاریک و خلوت بود. برای مو بلوند پشت بار دستی تکان دادم و یکی از میزهای کنار پنجره، که برای هر چهار نفرمان صندلی داشت، را نشان کردم. به سمتم آمد و پرسید: «چطوری؟»

: «سرم درد میکنه دیشب زیاد خوردم.»

: «میخوای یه ادویل برات بیارم؟»

: «آره لطفا ..یه "بلو مون" هم بیار.»

دو مرد روی چهارپایه‌های بلند بار لم داده بودند و به دقت بازی هاکی را از تلویزیون‌های بزرگ بالاسرشان تعقیب می‌کردند. لیوان‌های آبجوشان نصفه بود. دو پسر و سه دختر هم پشت میزی گوشه سالن نشسته بودند. دخترها را می‌شناختم. از مشتری‌های قدیمی بودند و هر بار با پول پسرهای همراهشان خوش می‌گذراندند. یکی از پسرها چیزی گفت و دخترها از خنده ریسه رفتند. آن یکی دستش را پشت یکی از دخترها انداخته بود و شانه‌هاش را می‌مالاند. یکی‌شان نگاهی به من کرد و چشمکی زد. تله‌شان امشب خوب کار کرده بود. ردیف سس‌های قرمز و

ظروف فلفل و نمک روی باقی میزها، خالی بودن بار را بیشتر به چشم می‌آورد.

چند دقیقه بعد مهرداد آمد، سرک کشید و مرا دید . ننشسته پرسید: «این خراب شده رو از کجا پیدا کردی؟ رستوران درست و حسابی این دور و بر نبود؟»

مو بلوند دوباره آمد و یک قرص و لیوان آب آورد و گفت: «بخور. آبجو رو برات بعدا میارم. شنیدم با الکل خوب نیست.» بعد رو به مهرداد کرد و لبخند گشادی زد: «شما چی میل داری عزیزم؟»

: «فعلا فقط آب.»

مهرداد همچنان در تماشای پیچ و تاب رانها بود که پرسیدم: «چیزی مونده جمع کنی؟»

«فقط مونده چمدونا رو وزن کنم.»

سرم تیر کشید. از این مستی‌های بی‌دلیل شبهای تنهایی متنفر بودم. شب‌هایی که در تاریکی گوشه بار، روی چهارپایه بلندی می‌نشستم، شات‌ها و لیوان‌های خالی رو یک‌به‌یک با پر شده‌ها عوض می‌کردم و به تلویزیون‌های بالای سرم که تصویرشان به تدریج درهم می‌رفت خیره می‌شدم تا احساس کنم بی‌هوش خواهم شد.

: «سلام...سلام...سلام...»

امید صندلی را برای شیما عقب کشید. نگاه‌هامان لحظه‌ای به هم افتاد و من به میز و ظرف سس قرمز گوشه آن چشم دوختم.

امید قبل از نشستن مهرداد را بغل کرد و گفت: «کجا داری می‌ری داداش؟ دلمون برات تنگ میشه.» مهرداد لبخند کمرنگی زد و شیما با صدای زیر و کش‌داری خندید: «اینجا چه باحاله! انگار تو ایرلند رفتی پاب!»

مو بلوند با لیوان آبجو آمد و لیوان‌های خالی من و مهرداد را برداشت. رو به امید و شیما پرسید: «شما چیزی می‌خورید؟» امید منو را بالا و پایین کرد و بعد گفت: «چی روی "تَب" داری؟» تو دلم فکر کردم الان می‌گوید "مولسن" بده ...."مولسن" برای من. شیما مِنو را از امید گرفت و نگاهی انداخت: «من گرسنمه شماها چیزی نمی‌خورین؟»

«من شاید فرایز ... تو چی می‌خوری؟»

شیما پرسید: «حسین اینجا رو تو میای نه؟» من سرم را تکان دادم و بی اختیار به مچ دست‌هاش خیره شدم و گفتم: «برگرش خوبه ... فیش‌اندچیپس خوبه ... شورت ریب ...وینگز.»

: «من برگر می‌خورم. چیزبرگر. برای منم از اینا (به آبجوی من اشاره کرد) بیار.»

امید گفت: «ساید فرایز بگیر منم همونو بخورم.» مهرداد گفت: «منم فرایز می‌خورم.»

بی‌اختیار گفتم لطفا حلال باشه!» مهرداد وسط انفجار خنده‌ی شیما چشم‌غره‌ای به من رفت. چند دقیقه ای به بگومگوی شیما و امید گذشت. مهرداد و من ساکت بودیم و گروه موسیقی کوچکی را که در گوشه بار بساط پهن می‌کردند تماشا کردیم. بار با تاریک‌تر شدن هوا شلوغ شد و تقریبا تمامی صندلی‌ها پر شد. لیوان آبجو رو با قلپ‌های بزرگ تمام کردم. لیوان خالی را به مو بلوند نشان دادم. سری تکان داد .

: «خوب آقا مهرداد ...(امید بود) باز می‌بینیمت یا دیگه برنمی‌گردی؟»

مهرداد سری تکان داد: «خودم هم نمی‌دونم چی میشه. بابا میگه حق نداری برگردی، باید بمونی همین‌جا پیش مامانت. از وقتی پایان نامه دفاع کردم هر روز زنگ میزنه میگه کی میای.»

من آهسته پرسیدم: «جِید چطوره؟»

مهرداد هر دو دست را در موهاش کرد: «چی بگم.»

شیما پرسید: «بچه؟»

: «دکتر که گفته هنوز وقت هست...منظورم اینه که فعلا سالم و طبیعیه.»

لیوان‌های آبجو روی میز آمدند. موبلوند دوباره به مهرداد لبخندی زد و رفت و من فکر کردم تمام این سالها به همه چیز مهرداد حسادت کردم. تیپ، هیکل، لباس.

فکرم به جید رفت.

: «روی حرفش مونده و نمی‌ندازدش. میگه می‌خوامش. میگه بچه خودمه، خودم بزرگش می‌کنم تو هم برو مادر قحبه. حالا ما شدیم مادر قحبه داستان.»

اولین بار که آپارتمانشان دعوتم کردند جید گفت چند کلمه فارسی بلد است. مادر قحبه را اول یاد گرفته چون مهرداد هر روز در خانه استادش را اون مادر قحبه خطاب می‌کرده. مهرداد تعریف کرد که جید برای یکی از اتاق‌خواب‌های آپارتمانش دنبال مستاجر می‌گشته و مهرداد هم نزدیک دانشگاه دنبال اتاق و یا آپارتمان بوده و آگهی را در فیس‌بوک دیده. جید غذای چینی درست کرده بود. یادم نیامد اسم اصلی جید چی بود. چه خوب که یک اسم ساده‌تر انتخاب می‌کنند، مثل همین جید.

به خودم آمدم و از سکوت پیش آمده جا خوردم. چند ثانیه بعد مهرداد سکوت را شکست: «نه آقا من اصلا مرد نیستم! اصلا خایه ندارم. من تحمل مادرمو ندارم. جرات بابام رو ندارم که بی‌اجازه اش زن گرفته باشم. نابودم میکنه.»

شیما بلند گفت: «خیلی احمقی. تو که اختیار پول تو جیبت هم دست حاج آقاست چرا ول دادی؟ آخه لامصب مگه سر کوچه داروخونه نداشت که کاندوم بخری؟»

: «بدشانسی بود. من اصلا فکرش رو نمی‌کردم بچه بیاد. بعدش هم گفت قرص خورده. تهش هم فکر کردم بچه رو می‌ندازه خلاص می‌شیم. اصلا بین ما حرف بچه نبود.»

امید گفت: «میخواد بابات رو تلکه کنه. میدونه تو رو نداری ببریش ایران بگی اینا زن و بچه من.»

من صدایم را تا جایی که راه داشت بالا بردم: «اون موقع که با دختره روی تخت بودین چرا به این چیزاش فکر نکردی؟»

امید گفت: «آره راست میگه.» شیما زد روی دستش: «تو خفه شو!»

: «آقا من غلط کردم. گه خوردم. شماها باهاش صحبت کنید بچه رو بندازه. (دستم رو گرفت) حسین تو بهش بگو. تو رو خیلی دوست داره. حرفت رو میشنوه.»

دستم را بیرون کشیدم و از صندلی بلند شدم. مهرداد نگران پرسید: «کجا؟»

: «میرم سیگار بکشم.»

امید هم بلند شد: «منم میام.»

توی تاریک و روشن پارکینگ سیگاری روشن کردم و چند پک عمیق زدم و امید هم خواست.

: «حسین می‌خوام باهات صحبت کنم، ولی خیلی سخته. میدونم یه توضیح بهت بدهکارم.»

: «نمی‌خواد هیچی بگی.»

: «ولی اون روز خیلی ضایع شد بخدا، من نمیدونستم چیکار کنم.»

پکی محکم تر زدم: «من اون روز رو کلا از یاد بردم. تو هم ولش کن.»

امید سیگار نصفه اش را زیر پا انداخت: «منم همینو میخواستم ازت خواهش کنم، خیلی آقایی.»

سردردم بیشتر شده بود. (این ادویل لعنتی چرا اثر نمی کرد؟). اتاقم و تنهایی‌ام را می‌خواستم. همان چیزی که هر روز از آن فرار می‌کردم ولی این لحظه و این آدم‌ها تیک‌تاک ثانیه‌ها را شکنجه‌گر کرده بودند.

وقتی برگشتیم غذا با لیوان‌های پر، رسیده بود. شیما رو به من کرد و پرسید: «خوش گذشت؟» بی‌اختیار جواب دادم: «جای شما خالی.» و در لحظه از حرفم پشیمان شدم.

مهرداد باز دستم را گرفت: «من شنبه دارم میرم و دیگه برنمیگردم. نمیتونم برگردم. از هر سه‌تون خواهش می‌کنم با جید صحبت کنید بچه رو بندازه . بمونم دختره و بچه‌اش وبال گردنم میشن.»

: «بچه‌اش؟» صدای جیغ شیما بود که در گوشم پیچید. بار لحظه‌ای ساکت‌تر از معمول به نظر آمد.

شیما پرسید: «مهرداد یکبار صادقانه به ما که نه، به خودت جواب بده واقعاً بخاطر بچه می‌خوای ول کنی؟ یعنی هیچی برات مهم نیست؟»

رنگ مهرداد اول سرخ شد و بعد سفید: «مامان میگه بابام مریض احواله. عصای دست میخواد نه زنگوله تابوت.»

امید خندید: «کص‌شعر نگو. والا بدم نیست‌ها! ما اینجا واسه چندرغاز خودمون رو جر می‌دیم شما میری شرکت رو یه‌جا صاحاب میشی.»

پرسیدم: «حالا جید کجاست؟»

: «توی همون آپارتمان. منو از اتاق بیرون کرده با چمدونا توی هال میخوابم.»

لیوان خالی را بالا گرفتم و موبلوند به اشاره‌ام سری تکان داد و دقیقه ای بعد با لیوان پر برگشت و پرسید: «بقیه چیزی نمیخوان؟»

امید رو به شیما کرد: «تو رانندگی میکنی؟»

: «آره بخور...راحت باش. شما دوتا وقتی مست می‌شید خیلی بامزه می‌شید.»

امید به موبلوند گفت: «از همینا برای من بیار.»

: «خوب مهرداد جون. کون لق ما کاناداییا. برو پیش باباجون شرکتو دست بگیر و حال و هول. یادت باشه بچه بعد ۴۰ سالگی.»

بگو مگوی شیما و امید و مهرداد ادامه داشت. کم‌کم حرفها در گوشم سنگین می‌شدند. حس کسی را داشتم که روی سرش قطره

قطره آب سرد می‌ریزند. خیسی از لای مو پایین می‌غلتید و روی بدنم خطی از سرما بجا می‌گذاشت. لبهام کلفت‌تر از معمول شده بودند و نمی‌گذاشتند کلمات را به درستی تلفظ کنم: «هفته پیش با جید صحبت کردم.»

سکوت جمع با بازی نوت‌های گیتاریست گروه موسیقی توام شد. ادامه دادم: «بچه رو میخواد. قانونا هم میتونه بچه رو نگهداره. اینجا ایران نیست که اسم بابا توی شناسنامه بخواد. می‌گه خودش از پس کارای بچه بر میاد . فقط نمی‌خواد دوباره تو رو ببینه. تو هم بچه‌ای نمیبینی. هیچوقت و هیچکجا.»

مهرداد بدون حرف زدن بلند شد. امید دستش رو کشید: «کجا داداش؟»

مهرداد با نجوای پر بغضی گفت: «برم یکم قدم بزنم. امشب بیام خونه تون؟»

: «آره داداش اصلا تا وقت رفتنت پیش ما بمون. حالا بشین. حسین بنال ببینم دیگه چی گفته؟»

: «هیچی، همین که گفتم. می‌گه مهرداد هنوز خودش بچه است. لیاقت پدر شدن نداره. میخواد یه جوری قانونی جلوی اینکه تو بتونی بچه رو ببینی بگیره.»

شیما گفت: «هااااا برای این دنبال وکیل می‌گشت؟»

یکی از چشمهای مهرداد خیس بود و قطره اشکی قدری پایینتر از چشمش گیر کرده بود. شیما و امید به من نگاه می‌کردند. لیوان

پرده‌هایی به رنگ خون

آبجو را یک نفس سر کشیدم. نوک انگشتام گزگز می‌کردند و دست‌هام بی‌اختیار می‌لرزیدند. نگاه خیره شیما به دست‌هام معذبم کرد. حس کردم می‌خواهد دست‌هام بگیرد. به سرعت زیر میز پنهان‌شان کردم. لرزش متوقف نشد.

صدای گیتار گروه موسیقی بلاخره بلند شد و بعد از چند لحظه گیتاریست شروع به خواندن کرد :

Where do you think you're going?
Don't you know it's dark outside?
Where do you think you're going?
I wish they'd care about my pride...

پسره صدایی خش‌دار داشت انگار که گلویش کاملا خشک باشد. کلمات را سخت اما رسا ادا می‌کرد. گیتارش می‌نالید و درامر گروه به نرمی بر تبل‌ها می‌زد. بار درطنین صدای پسره سکوت کرده بود.

در بین کلمات و موسیقی یاد آن روزی افتادم که توی استارباکس با جید نشسته بودیم و او از خجالت به خودش می‌پیچید. آخر پرسید بکارت در فرهنگ ایرانی چقدر مهم است. من از حرف‌های جویده و انگلیسی نامفهوم دخترک فهمیدم مهرداد به او فهمانده که خانواده‌اش دختری که بکارت ندارد را بعنوان عروس نمی‌پذیرند.

آن روز مستقیما به همین بار آمدم و یادم نمی‌آید چه کردم که به زور بیرونم کردند . فردایش با گردن کج پول صاحب بار را پرداختم و قول دادم دیگر بچه خوبی باشم و بدمستی نکنم. بدمستی که هیچ اما دیگر به کثافتی که سرنوشت را به پرده نازکی در لای پا پیوند می‌زند بلند فحش ندهم.

بین تشویق حضار و آماده شدن گروه موسیقی برای آهنگ بعدی گفتم: «اینجا دیگه خیلی شلوغه برای حرف زدن باید داد بزنیم.»

شیما گفت: «البته اگه حرفی مونده باشه.»

به موبلوند اشاره‌ای کردم و او صندوق را نشانم داد. امید دست بر شانه مهرداد انداخت و با هم بیرون رفتند. من و شیما به سمت صندوق راه افتادیم. بین مسیر برگشت شیما دستم را گرفت: «حسین چرا اینجوری میکنی؟ حداقل جواب مسیج‌ها رو بده. انقدر هم بچه نباش.»

سرم را که بقدر چند تُن سنگین شده بود تکانی دادم. شبهای زیادی به شیما فکر کرده بودم اما آن شب وقتش نبود. ای کاش قبل لیوان‌های آبجو چند شات تکیلا میزدم؛ شاید بی‌خیالی در بد مستی‌ام زودترگل می‌کرد و سیلی محکمی به صورتش میزدم. شاید همانجا در آغوشش می‌گرفتم و لبهامان بهم جفت می‌شد. دستهای حریصم بدنش را زیر پیراهن می‌جست و لذت گرمای تنش مکان را از یادم می‌برد. و من یکبار برای همیشه چشمانم را به کابوس صورت امید می‌بستم که با خنده می‌گفت پیش خودمون سه تا می‌مونه.

پرده‌هایی به رنگ خون

نسیم خنک قدری حالم را جا آورد. امید و مهرداد حرف‌شان را با دیدن ما قطع کردند. امید پرسید: «سیگار داری؟» شیما گفت: «یکی برای منم روشن کن امشب می‌چسبه.»

مهرداد اما بدون خداحافظی با من در تاریکی گم شد.

بی‌اختیار خندیدم: «اینگاری من ترتیب دختره رو دادم!»

شیما گفت: «این دل سوختن نداره. اینا بهانه است که از این کثافتی که بار آورده فرار کنه برگرده ایران. آمارش رو دارم که خیلی شیطون‌تر از شماهاست. با دوست وکیلم صحبت کردم. اگه بمونه، یا بره و بخواد برگرده حتما گیر می‌افته. هزینه بچه رو تا سنت آخرش باید بده. اینجا مثل ایران نیست. دختره پدرش رو درمیاره.»

امید انگار تازه متوجه تاریکی شده باشد گفت: «هوا دوباره سرد شده. چس دود کن زودتر بریم مهرداد هم با چمدوناش میاد خونه ما.»

: «خیلی وقت بود دور هم نبودیم. مث قدیما که خوش بودیم. خدافظ. حسین غریبی نکن با ما.» : «بازم ببینیمت.»

حس کردم پاهام انرژی حرکت دادن خودشان را ندارند. داخل بار برگشتم. در بین شلوغی و تاریکی خودم را به میز هنوز تمیز نشده رساندم و مقابل لیوانهای نیمه خالی و سبد سیب‌زمینی نشستم. موبلوند با تعجب از پشت بار گردنی کشید. لیوان خالی آبجو را نشانش دادم و سرم را بین دستهایم گرفتم. آبجوی زیاد به مثانه

امیر حسین بختیاری

فشار می‌آورد و گیتار ناله میکرد و پسر با صدای خش‌دارش میخواند. دختر با لیوان پری آمد و سینی‌اش را از باقی‌مانده‌های میز پر کرد و فقط سبد سیب زمینی را باقی گذاشت.

نصف لیوان را یک نفس خالی کردم و نوک بینی بی‌حس‌شده‌ام را مالیدم. در فکر این بودم که اخطار مثانه را جدی بگیرم یا...که جید بود.

روی صندلی سابق مهرداد نشست. باقی آبجو را سر کشیدم.

: «مادر قحبه اومد؟»

سر تکان دادم. صداش پر از نگرانی بود.

: «میمونه یا برمیگرده؟» به چشمهاش خیره شدم. چشمهایی مورب و زیبا که نیمه اشاره‌ای به تباری گم شده در آسیای مرکزی داشتند.

: «میره و حالاحالاها برنمیگرده. حداقل تا وقتی که دروغت معلوم نشده.

سکوت کرد. انگار اطمینان به گفته‌اش نداشت و یا شاید به من. در سکوت با لیوان آبجو بازی کردم ولی حرفی نیامد. شاید همه‌ی حرف‌ها در همین سکوت بود .

دست آخر شمرده گفت: «ممنون که کمک کردی من باید برم.»

شاید چیزهایی دیگری هم گفت و شاید من دیگر کلمات را به انگلیسی نفهمیدم و شاید انقدر مست بودم که حس کردم این آخرین دیدار ماست. بلند شدم و اندام کوچکش را در آغوش فشردم.

وقتی که به ریزش ادرار در توالت خیره شده بودم به این فکر افتادم که شاید کمی از رنج این روزها به لذت روزی بیارزد که مهرداد حقیقت را می‌فهمد و عذاب رها کردن بچه ی نداشته جایش را با خشم عوض می‌کند.

این‌بار روی چهارپایه بلند، همانجای همیشگی نشستم . نگاهم به مو بلوند بود که روی مانیتور کنارم حساب یکی از میزها را وارد می‌کرد. گفتم: «ساشا...هی ساشا.»

ساشا سر بلند کرد و گفت: « What's up, hon? »

: «Funny thing»

ادای کسی را درآوردم که جیب‌هایش را می‌گردد و سر تکان دادم :

«I can't find my credit card, Can I wash some dishes instead?»

ساشا خندید و گفت :

– That's a new one. Sure, you don't want another "Blue moon" to jog your memory?

- I will scrub the plates like a pro .. I promise

- Tell you what, champ. If you don't find that card, I'll have to call Kevin

بعد به کوین که پشت بار ایستاده بود و لیوانهای تمیز را در قفسه می چید اشاره کرد :

- And you remember what happened last time he had to 'help' you out, right?

من خندیدم و ادای گشتن جیب‌هایم را در آوردم و گفتم:

-Ah! Look at that! Lucky me, huh? Found it!

ساشا هم خندید:

-good boy .

و کارت را از من گرفت و به بازویم زد :

- Now let's settle it up before you get any more crazy ideas!

تصمیم گرفتم آخرین لیوان آبجو را به تماشای بازی هاکی، اجرای گروه موسیقی و یا حرکات رقص‌گونه ساشا بگذرانم که سفارش‌ها را تحویل می‌گرفت و بشقاب‌ها و لیوانها را روی میزها می‌چید.

پرده‌هایی به رنگ خون

هوای بار سنگین، موسیقی و کلمات نامفهوم بود و صفحه
تلویزیون بتدریج درهم میشد.

بهار ۲۰۲۳

تخت‌خواب، آینه، یخچال و چیزهای دیگر

تخت‌خواب سفید: از این تخت‌های آیکیا که مهمان‌خانه‌ی همه‌ی مهاجران بوده و هنوز هست. قدری لق می‌زند. دقیق سمت چپ بالا، همان‌جایی که پایه به بدنه با دو پیچ بلند متصل می‌شود. موقع سر هم کردنش اما، در بسته پیچ‌های آیکیا پیچ به تعداد کافی نبود و مرد قرار بود از بخش خدمات بگیرد که پشت گوش انداخته بود. تنها اثر کهنگی شاید گرد و غباری باشد که در گوشه‌های آن گیر کرده.

تخت از صدا افتاد. چشم‌هاش را بست. دوست داشت این لحظه آنقدر کش بیاید که درد روزهای گذشته جبران شود. در همان حال حماقت احساسش را هم درک کرد. فکر به یک لذت زودگذر که به خاطره‌ای از تلخ‌ترین لحظه‌های زندگی او تبدیل و در ذهنش، شکنجه‌ای خواهد شد، مدام و طولانی. خود را پس کشید .

تخت‌خواب، آینه، یخچال و چیزهای دیگر

زن هنوز به آرامی ناله میکرد. چشمانش را باز کرد. بدن زن روی
ملحفه خاکستری‌رنگ چون نقشی درشت بر تابلوی نقاشی چینی
دراز کشیده و دستانش در میان رانهای به هم قفل شده کار ناتمام
را به سرانجام می‌رساند.

لخت بلند شد و به حمام رفت. اول خودش را با دستمال توالت
پاک کرد و گلوله‌ی دستمال را داخل توالت انداخت. انگار
عرق‌هاشان مثل تکه‌های کنده شده از دستمال چنان بر آلت و
بدنش چسبیده بود که می‌بایست همه را همچون مابقی آخرین‌ها
بشوید. حوله آبی رنگ و کهنه‌اش را نزدیک دوش آویزان کرد.
ابتدا قدری آب گرم و بعد فقط آب سرد. دستی به پوست کشید و
سعی کرد فقط با حرکت دست، سرمای آب را کم کند اما نشد.
آب را بست.

آینه‌ی قدی: با ارتفاع حدود صد و پنجاه سانتیمتر و عرض سی
و پنج سانتیمتر، با قاب پهن سیاه چوبی و پایه‌هایی از همان رنگ.
مشخصات سازنده یا نام و نشان خاصی ندارد و به هیچ کدام از
دکوراسیون آپارتمان شبیه نیست. در واقع از مستاجر قبلی و شاید
مستاجرهای قبلی یادگار مانده و می‌بایست همانطور رها شود.

در آینه، بدن عریانش را نگاه کرد و مرد را دید که پشت سرش از
حمام بیرون آمد. نگاهش را کشید به بدن و گفت: «عوضی ببین
چیکار کردی؟ بگم چی شد اینجوری کبود شدم؟»

تقصیر خودش هم بود. اگر وقتی مرد بوسیده بودش قدری مقاومت کرده بود و یا به دستهاش جسارت نداده بود تا نوازشش کنند اینطور نمی‌شد. از توی آینه می‌دیدش که لباسهایش را می‌پوشد. شاید چند وقت دیگر دلش برای این تن کم مو و پریده‌رنگ تنگ شود و خاطره‌اش را پشت چشمان بسته تکرار کند. مرد در حالی که خارج می‌شد گفت: «یه چیزی در بیار دیگه. بگو خورده لبه میز. اصلا یه مدتی جلوش لخت نشو. نمیخوای دوش بگیری؟»

صداش از داخل هال ضعیف به‌گوش رسید: «گرسنه‌ات نیست؟»

جواب داد: «چرا یه دوش میگیرم. چی داری بخوریم؟»

: «املت میخوری؟»

: «اره. درست کن پنج دقیقه‌ای میام.»

یخچال استیل فریجیدر با طرح معروف به فرانسوی: در این طرح درهای یخچال بالا و فریزر پایین قرار دارد. محبوبیت این مدل به دسترسی راحت‌تر به محتویات یخچال و فریزر برمی‌گردد. درِ یخچال پر از آهنرباهای گرد و رنگی است که بی‌هدف و پراکنده به بدنه براقش چسبیده. تا چند ماه قبل زیر هر کدام از آنها عکس‌هایی از خودشان گذاشته بودند اما الان هیچ کدام‌شان دیگر نیستند. مرد عکس‌ها را همان روز اول دور انداخته است. از خاصیت زندگی در این ور دنیا یکی اینکه نیازی به خرید و جابجا کردن یخچال و گاز و چیزهای دیگر نیست و همه با خانه‌ها اجاره داه و یا فروخته می‌شوند.

چهار گوجه‌فرنگی و سه تخم‌مرغ و بسته کره را از یخچال بیرون آورد. تخم‌مرغ‌ها را کنار سینک آشپزخانه چید. گوجه فرنگی‌ها را زیر آب سرد شست و با چاقوی دسته مشکی که از توی ماشین ظرفشویی درآورد، هر کدامشان را به چهار تکه مساوی تقسیم کرد.

چاقوی دسته مشکی: اسم چاقوسازی مومنی روی تیغه و نزدیک دسته حک شده. در یک اردوی دانشجویی و در زنجان برای یادگاری خریده شده و تقریبا تمام دوران دانشجویی و چند سال اول زندگی مجردی از معدود اثاثیه ثابت مرد بوده. برعکس اسمش چاقوی خیلی تیزی نیست و با پرس و جو برایش سنگ مخصوصی خریده تا آنقدری بُرنده باشد که بشود گوجه‌فرنگی‌ها را به دقت و سرعت تکه کرد.

حرارت زیر ماهیتابه را زیاد کرد و کنار گوجه‌فرنگی‌ها تکه‌ای کره به اندازه یک مکعب دو سانتی‌متری انداخت. صدای جلز و ولز کردن گوجه‌ها که بلند شد حرارت را کم کرد و ماهیتابه را با دست طوری حرکت داد تا کره آب شده زیر تمام گوجه‌فرنگی‌ها بلغزد.

حوله‌های مهمان با همان نظم وسواس گونه در کابینت گوشه حمام چیده شده بود. زن حوله خودش را پیدا نکرد. یکی از حوله‌های مهمان را بیرون کشید و دور خودش پیچید. ظاهرا مرد هنوز وارد رابطه جدیدی نشده بود و در گوشه کنار دست نخورده

آپارتمان هنوز آثار خودش را می‌دید. نمی‌دانست این باعث خوشحالی است یا نه. از حمام بیرون آمد. مرد در آشپزخانه بود و بوی گوجه‌فرنگی سرخ شده بلند شده بود. از روی میز، بسته سیگار مرد را برداشت و به بالکن رفت.

سیگار بومی Native cigarettes: این سیگارها که گاهی به عنوان سیگار قاچاق شناخته می‌شوند، یکی از محصولاتی هستند که در کانادا بصورت غیرقانونی به فروش می‌رسند. طبق توافقی که دولت با بومی‌های سرخپوست دارد، آنها می‌توانند تعدادی از محصولات مورد نیازشان را بدون پرداخت مالیات در منطقه‌های تحت کنترل خودشان و با قیمت مناسب تولید کنند. یکی از این محصولات سیگارهایی است که با برند مخصوص خودشان تولید می‌شود و معمولا در مقابل کالاهای دیگر یا پول نقد به غیربومیان و با قیمت خیلی پایین فروخته می‌شود. تعدادی از مغازه‌ها این سیگارها را به صورت زیرمیزی می‌فروشند.

در بالکن ایستاد. از میان باقی‌مانده سیگارها یکی را بیرون کشید و بر لب گذاشت. با فندک کوچک بیک سیاه‌رنگی سیگار را گیراند و از میان دود خاکستری به خیابان روبروی آپارتمان نگاهی انداخت. سایه‌ی ساختمان روبرویی بر خیابان خطی دقیق و صاف رسم کرده بود. سه سنجاب زیر درختی به جستجوی غذا بودند. در روبرویی باز شد و پیرزنی با سگ کوچکش بیرون آمد. سنجاب‌ها با دیدن زن و سگ به بالای درخت گریختند.

گلدان سفالی: هموطنان ایرانی معمولا قبل از نوروز برای تزیین سفره‌ی هفت‌سین گلدانهای کوچک سنبل خریداری می‌کنند. تعدادی پس از پایان فصل هم، این گلدانها را به امید استفاده از پیاز آن و یا کاشت گیاه دیگر نگهداری می‌کنند. ساده‌ترین راه اما استفاده از گلدان‌های خالی به عنوان زیرسیگاری است. همیشه در حیاط و یا بالکن آپارتمانها دم دست است و نیازی به تخلیه کردن هر روزه ندارد. با نگاهی به یک گلدان تغییر کاربری داده شده می‌توان به مناسبت‌ها، مهمان‌ها و سلایق افراد در مصرف دخانیات پی برد.

سیگار را در گلدان سفالی خاموش کرد و به آشپزخانه برگشت. مرد یک بار دیگر او را در ورودی آشپزخانه به آغوش کشید و سعی کرد حوله را بکشد اما او جیغ زد: «بسته دیگه. اینجوری پیش بریم شبم به خونه نمیرسم.»

پرسید: «موهاتو نشستی؟ ترسیدی بفهمه؟»

: «آره بابا از تو خیلی تیز تره. نمک هنوز توی کابینت سمت چپه؟» و از آشپزخانه بیرون رفت.

حداقل در مورد آنها واقعا به تیزی خاصی نیاز نبود. در واقع مرد بود که خودخواسته نشانه‌ها را نادیده گرفته بود. گذر زندگی بُرندگی‌اش را کند کرده بود و شاید نیازی به سنگی برای تیزی نمی‌دید. وگرنه فندکها و ته سیگارهای غریبه‌ای که گه گاه به گلدانش اضافه می‌شدند و یا ملحفه‌های زود به زود عوض شده و حتی شامپوی حمامی که زودتر از معمول به پایان می‌رسید نشانه‌های کافی برای آنچه نفهمیدنش را می‌فهمید بود.

از کابینت بالای اجاق، بسته سفید نمک و یکی از کاسه‌های سفالی آیکیا را درآورد. تخم‌مرغ‌ها را یک‌به‌یک در آن شکست و با چنگال هم زد و بر روی گوجه‌فرنگی‌ها ریخت. به بازی حباب‌های روی تخم‌مرغ خیره شد که صدای زن آمد: «اون شارژر سفیده رو چیکار کردی؟»

: «همینجا تو کشو گذاشتم.»

: «همه چیز رو بهم ریختی. هیچی سرجاش نیست.»

خندید و گفت: «زن که تو خونه نباشه همین میشه. اون نون رو از تو یخچال بیار بیرون بذار تو تستر. راستی تستر رو میخوای؟»

: «نمیدونم. فکر نکنم.»

: «مایکروفر یا ایرفرایر رو چی؟»

: «مایکروفر رو نه ولی ایرفرایر رو شاید ببرم.»

ایر فرایر: مشکی و مارک نینجا با دو سبد جهت پخت همزمان با صفحه دیجیتال و عمر حدود شش ماه. در ماه‌های گذشته فقط یکی از سبدها برای مرغ کبابی استفاده شده بنابراین لایه‌ی چربی بر بدنه آن رسوب کرده ولی سبد دیگر نسبتا نو مانده. آن طوری که همسر آقای دکتر می‌گفت وقتی که ایر فرایر را می‌خریدند مدتی از رابطه‌شان می‌گذشته. سوال بزرگ این است که آن موقع آیا او به فکر استفاده از ایر فرایر در خانه دکتر هم بوده یا نه .

نان را در تستر گذاشت. بوی نان که بلند شد یادش افتاد دکمه خاموش تستر کار نمی‌کند و می‌بایست دستی اهرمش را بالا بکشد. این تستر خراب را که حتما نمیخواست. در واقع به هیچ چیز این زندگی قدیمی احتیاج نداشت. دوست داشت از هر چه که او را به این چند سال آخر پیوند می‌دهد دوری کند. اما از طرفی فکر می‌کرد سهمی در همه‌ی این گذشته دارد. مثل همین ایرفرایر ساده. حساب بانکی مرد که جز اعداد قرض کردیت کارتها چیزی نداشت. ماشین هم که در اجاره و متعلق به شرکت خودرو سازی بود. عملا همین چند وسیله کوچک سهم او از تقسیم این زندگی است. پس حتی اگر سر کوچه دورشان بریزد هر چه که سهمش است را خواهد برد. نان‌ها را روی میز گذاشت و به اتاق برگشت تا لباسش را بپوشد.

تلویزیون: پنجاه اینچ اچ دی k٤ سامسونگ اسمارت با قاب مشکی نازک. حدودا دو ساله. معمولا شب‌ها برای دیدن فیلم روشن می‌شود و احتمالا ارزش اقتصادی خاصی ندارد. این را احتمالا هیچکدامشان نخواهند و باید در فیس‌بوک مارکت بگذارند تا خریداری برایش پیدا شود.

مرد از کابینت پایین دو قاشق و دو لیوان بیرون آورد و روی میز گرد جلوی تلویزیون گذاشت. در آشپزخانه زیر گاز را خاموش کرد. بطری آب را با یک دست نگه داشت و ماهیتابه املت را با گوشه زیرپوشش بلند کرد. به هال که برگشت زن را دید که لباسش را پوشیده، روی یکی از دو مبل قهوه‌ای رنگ روبروی تلویزیون نشسته و سرش به اینستاگرام گرم است. املت را روی نان گذاشت و روی مبل دیگر نشست.

میز گرد کوتاه: ساخته شده از چوب بلوط تیره محصول کانادا در ۱۹۸٤. تاریخ و محل ساخت در پشت میز با مهر داغ سوزانده شده و جنس چوب را یکی از دوستان‌شان که در نجاری دستی داشت تشخیص داده است. احتمالا میز ارزشمندی بوده اما صاحب قبلی‌اش بی توجه به کیفیت یا ارزش واقعی آن در فیس بوک مارکت به قیمت ۵۰ دلار برای فروش گذاشته. از آنجایی که میزی با قیمت مناسب که به طرح مبل‌هاشان بیاید پیدا نکرده بودند همین را خریدند. رنگ چوب بلوط شبیه پایه‌های مبل‌هاشان است.

سادگی این سفره عصرانه خاطره‌هایی قدیمی را زنده کرد: «می‌دونی یاد چی کردم؟ اون روزی که از انقلاب اومدیم پایین میدون حُر، خونه‌ات املت خوردیم. یادته چقدر دنبال کتاب گشتیم؟»

مرد جواب داد: «یه کتاب حل تمرین بود برای ترم شش. آخرش هم از دوستت نازی گرفتیمش؟ یادته؟»

: «آآآاه نازی. عجب خوب یادت مونده.»

لقمه‌ای در املت زد و گفت: «اتفاقا این روزا خیلی یاد قدیما می‌کنم. یاد دانشکده و اون روزا.»

: «منم همینطور. همین نازی رو یادته؟ الان آلمان زندگی می‌کنه. یه پسر چهار ساله داره. فکر کن اگه ما بچه‌دار می‌شدیم الان یه بچه همون سنی داشتیم.»

: «بدم نشد البته. حداقل الان دردسر بچه رو نداریم.»

زن ماهیتابه چرب و خالی را برداشت: «فکر کن جای اسباب خونه می‌خواستیم راجع به بچه هم چونه بزنیم. این ماهیتابه و قابلمه‌ها مال خودت. ایر فرایر رو هم فکر کردم ببرم.»

بوی روغن ماسیده از آشپزخانه می‌آمد. نشانه‌ی دیگری از نبودنش. خانه‌ی جدیدی که دیده بودند آشپزخانه‌ای بزرگ داشت با کابینت‌هایی سفید و رویه‌ی سنگِ مشکی. پنجره بزرگی به بیرون که اگر دقت می‌کردی مرکز شهر را در دور دستش می‌دیدی. این که طعم غذا به لذتی که از آشپزی می‌بری بستگی داشته باشد حرف خیلی بی‌راهی نیست. ظرفها را در ماشین ظرفشویی هل داد و از همانجا داد زد: «ظرف‌ها رو زود به زود بذار توی ماشین تا آشپزخونه بو نگیره.»

مرد با خنده جواب داد: «بو بگیره هم به خودم مربوطه.»

: «سیگار می‌کشی در بالکن رو ببند. چایی میخوری؟»

: «قوری رو شستم. همونجاست.»

مرد نگاهش کرد که منتظر جوش آمدن کتری برقی به لبه کابینت تکیه داده و با موبایلش ور می‌رود. همچین روزی در اپ اوبر دنبال مسافر جدید می‌گشت که همسر آقای دکتر زنگ زده و با هم

قرار گذاشته بودند. او بود که طاقتش تمام شده و به زبان آمده بود. اول انکار کرد. تا آنکه همسر دکتر آنقدر نشانه‌های واضح و ساده را برایش مثال آورد که دیگر راهی برای انکارش نبود. ته سیگارها، فندک‌ها، عطرها و شامپوها.

زن آب جوش را در آن قوری شیشه‌ای ریخت که بدنه‌اش به سیاهی میزد.

قوری شیشه‌ای: با دسته و در قهوه‌ای تیره‌ی پلاستیکی احتمالا محصول چین، خریداری شده به قیمت پانزده دلار. قوری‌ای که از ایران آورده بودند همان سال اول شکست. بجایش این یکی را از فروشگاه ایرانی خریدند. با پولش در ایران ده تا قوری می‌شد خرید. کاش بجای گونی برنج یا قالیچه، چند قوری می‌آورند. الان قوری برای کدامشان است؟

: «قالیچه توی اتاق خواب رو چیکار کردی؟»

صدای زن نگران بود.

: «لوله‌اش کردم گذاشتم پشت میز ناهارخوری. حالا چطوری قسمتش کنیم؟ قیچی بیارم؟»

ابروهاش را در هم کرد: «خل شدی؟ قالیچه جهیزیه خودمه به تو ربطی نداره. تو مبل‌ها و تلویزیون رو بردار من میز ناهارخوری رو هم میخوام. بذاربنویسم توی گوشی.»

و شروع به تایپ کردن روی گوشی تلفن همراهش کرد: ایر فرایر، میز ناهار خوری، قالیچه...

قالیچه: طرح ماهی با رنگ قرمز و گل‌های سفید و آبی بافت تبریز چهل رج به ابعاد ۲/۵ در ٤ متر. پدر زن از آشنایی در بازار بزرگ سفارشش داده بود. برای قالیچه مجبور شدند از منوچهری ساک پارچه‌ای بزرگی بخرند و آن را به دقت تا و جاسازی کنند. اما حمل همان هم با اضافه وزن و دردسرهای ابعادش هزینه زیادی برای آنهایی که تازه وارد بودند تراشید. قالیچه تا مدتها تنها دارایی‌شان در آپارتمان لخت بود. روی آن غذا می‌خوردند، کتاب می‌خواندند یا سریال می‌دیدند و می‌خوابیدند. بعد تخت‌خواب اضافه شد. مبل‌ها و تلویزیون و بقیه وسایل را به تدریج و در این دو سال اضافه کردند.

زن با دو لیوان چای برگشت و سر جای قبلی‌اش نشست. یکی از چای‌ها را برداشت و به تصویر مرد در تلویزیون خیره شد که گفت: «جهیزیه آقای دکتر تلویزیون داره؟ راستی مهریه چقدر گرفتی؟ به دو هزار تا سکه‌ی مهریه‌ی ما میرسه؟»

بی‌حوصله جواب داد: «نه که تو خیلی مهریه دادی؟»

: «دوست داشتم به بابات زنگ بزنم بگم اون حرف‌ها چی شد؟ دخترم رو تو مملکت غریب می‌بری تنها ولش نکنی؟ هر جا باشی پیدات میکنم و این حرفها.»

زن به چشمهاش خیره شد: «ببین قرار شد راجع به این حرف نزنیم. ما توافقی جدا شدیم همین هم به بابا اینا گفتیم. اگه منو هنوز دوست داری همه چیزو بین خودمون نگهدار. یک وقت حرفی بهشون بزنی به جان هرکی دوست داری از همین بالکن خودمو پرت میکنم پایین.»

نگاهش را پایین و به قندان نقره‌قلمکار انداخت. بین قندها چند عدد کشمش به رنگ قرمز و آغشته به خاک قند به چشم خوردند.

: «الان خوشحالی؟»

: «گفتم حرف نزنیم. اه خسته شدم.»

قندان نقره: از ایران آمده است. احتمالا ظرف شیرینی یا چیز دیگری بوده و آنها بعنوان قندان از آن استفاده کرده‌اند. مرد می‌گوید هدیه‌ی همکارش بوده و زن فکر می‌کند خودش در سفری به اصفهان خریده. مدتی موضوع شوخی شده. هم در ایران و هم در کانادا نقش قندان را داشته است و هر دو احساس مالکیت بر آن را دارند.

تخت‌خواب، آینه، یخچال و چیزهای دیگر

چایش را برداشت و به اتاق خواب رفت. روی تخت نشست. نهایتا نیم ساعت دیگر آن یکی می‌آمد تا او را برای همیشه از این زندگی بیرون ببرد. آشنایی‌شان از یک مهمانی خانوادگی شروع شد. خیلی مسن‌تر از این یکی بود اما متانت و وقارش از همان روز اول از همه مردان جمع متمایزش کرد. استاد دانشگاه بود و بعدها از رابطه سردش با همسرش درد دل کرد و او هم از روزگار سختش گفت. آن شبی را به یاد آورد که فراموش کرده بود ملحفه تخت را عوض کند. تمام شب در آغوشِ این یکی و غرق در بوی عرقِ آن یکی پلک بر هم نزد. به این فکر کرد که وقت ترک کردن گذشته و رفتن به سمت آینده‌اش نزدیک است. از اینکه رازشان برملا شده بود ناراحت نبود اما دلش برای این یکی می‌سوخت. این مرد را دوست داشت، که جوانی و خاطره‌های زیبا را به یادش می‌آورد و آن مرد را دوست داشت که همه آرزوهای برآورده نشده‌اش را در او می‌دید. چایش را سر کشید. حداقل وسایل شخصی‌اش را می‌بایست ببرد. از اتاق خواب داد زد: «بیا کمک کن این چمدون رو از بالای کمد بیارم پایین. چند تا پلاستیک هم از آشپزخونه بیار.»

چمدان: بزرگ و قرمز رنگ با نقش سوئیس‌گیر Swissgear. به احتمال خیلی زیاد قلابی خریده شده از منوچهری. حتی خالی‌اش بوی خفیفی از زعفران و سبزی خشک شده می‌دهد. انگار که با خاطره سفر از ایران بسته شده باشد. لبه‌های چمدان ساییده شده و بر روی زیپش یک قفل رمزدار آویزان است.

: «همه لباس‌ها رو نمی‌برم. بقیه رو می‌ریزم توی این دو سه تا کیسه ببربند از توی ریسایکل.»

مرد بالای سرش ایستاده بود و به حرکات دستش نگاه می‌کرد. فکر کرد شاید یکی دو تکه از لباس‌ها را برای یادگاری نگه دارد و شاید نه. چرا باید وسیله یادآوری این روزها را نگه دارد؟

: «دراور رو چی؟ نمیخوای؟»

زن نگاهی به کمد انداخت: «اتفاقا اینو میخوام ولی رنگش به دکور خونه جدیدمون نمیخوره. میشه اینجا باشه تا رنگش کنم؟ اونجا جا نداریم.»

: «کی می‌رین خونه خودتون؟»

زن چند تا از لباس‌های زیرش را در یکی از کیسه‌ها چپاند و کناری گذاشت: «آخر ماه تحویل می‌گیریم. یه ایربی‌ان‌بی گرفتیم تا آماده بشه. فقط یادت باشه فعلا به کسی چیزی نگی. بخصوص به فامیل من.»

مرد ساکت شد. دوست داشت این لحظه‌ها بدون بحث و دعوا تمام شود اما حس می‌کرد کرمی سیاه و کوچک از گوشه مغزش شروع به خوردن کرده طوری که دیگر چیزی جز این خاطرات دم دستی باقی نمانده. چمدان و کیسه‌ها به تناوب پر میشدند.

: «این مدتی که تنها بودم خیلی فکر کردم. به خیلی چیزا. میخوام یه چیزی بهت بگم. من میخوام برگردم ایران.»

زن مکثی کرد و به مرد خیره شد و بعد به ریختن لباس‌ها در کیسه ادامه داد: «بنظرم کار درستی میکنی.»

: «ماشین رو پس دادم. واقعا هیچ انگیزه‌ای به موندن ندارم و بیشتر دارم اذیت میشم. اصلا این خیابونا و آدم‌ها حال منو بد میکنن.»

کپه‌ای لباس از دراور بیرون ریخته شد و به تدریج و به تناوب در کیسه‌ها و چمدان جا گرفت. زن سکوت را شکست: «بنظرم اینطوری برات بهتره. برمیگردی به زندگی و کار خودت میرسی و دوباره میشی آقای مهندسی که بودی، (آهی کشید) کلی خاطره خوب هم برات میمونه.»
مرد پشت سرش نشست و دستانش را دور گردن زن حلقه کرد: «حیف که خاطره‌های بد هم همراهش می‌مونه. قالیچه رو میدم بچه‌ها برات بیارن. سنگینه خودت نمیتونی ببریش.» و موهای زن را بوسید.

کارش تمام شده بود. نگاهی به اطراف انداخت. ظاهرا چیزی تغییر نکرده بود اما اتاق به نظر لخت‌تر از قبل می‌آمد. چمدان را برداشت و به صورت عمودی کنار در گذاشت. فکر کرد این دم آخری کار دیگری برای مرد بکند. دوباره ببوسدش، عشق بازی کند و بگوید از هر چه که پیش آمده چقدر متاسف است. روی تخت نشست. روی بالش و ملحفه‌ها دست کشید. ملحفه‌های خاکستری را بیرون کشید. بعد بالش‌ها را و بعد روکش پتو را. از کشوی اول دراور ملحفه‌ای تمیز درآورد. این یکی به رنگ سفید. تقریبا کارشان تمام شده بود که موبایلش زنگ زد.

روی بالکن ایستاد و سیگاری گیراند. در ابر دود و نیکوتین ماشین لکسوس سفید آقای دکتر را دید که در سایه آپارتمان روبرویی پارک شده است. خود دکتر درون ماشین دیده نمی‌شد. چند لحظه بعد از صدای بسته شدن در، زن را دید که چمدان قرمز را در صندوق عقب جا میدهد.

لکسوس سفید:...

پاییز ۲۰۲۴

کوماندوها

وقتی رسیدیم، هنوز جمعیت زیادی به زمین فوتبال نیامده بود. زودتر آمده‌ها بیشتر جنگزده‌ها (خوزستانی‌های رانده شده از جنگ) بودند که در محله کنار مدرسه اسکان داده شده بودند. همانها با دشداشه‌های سفیدشان کنار هم ایستاده و سیگار می‌کشیدند و زنانشان چادرهای سیاه و سنگ دوزی شده را روی نصف صورت می‌گرفتند و مردها را می‌پاییدند. آدمهای آشنا هم در جمعیت کم نبودند. حاج مهدی با چند نفر در سایه دیوار نیمه‌ساخته‌ای ایستاده بود و حرف می‌زد. شاطر علی با خمیرگیرش سمت دیگر بودند. احسان مرا به طرفی کشید و گفت: «بیا این‌وری بریم. نمیخوام بابام منو ببینه!» و آقای حیدری را نشانم داد که با کت و شلوار چهارخانه قهوه‌ای رنگش تنها در گوشه‌ای ایستاده بود و زیر لب چیزی می‌گفت.

از دور صدای ممد لاله بلند بود که با همان لحن نامفهومش یکی را فحش‌کش کرده بود. صدا از حوالی تیر آهنی که به آن جایگاه می‌گفتیم می‌آمد. آن تیر آهن صاف جزئی از اسکلت ساختمان نیمه‌کاره‌ای بود، مشرف به زمین، که موقع تماشای فوتبال روی آن می‌نشستیم و شعار می‌دادیم. ممد لاله، تنها، بالای جایگاه ایستاده و به دو پسر جنگ‌زده بلندتر از خودش که می‌خواستند از تیرآهن

۱۰۷

بالا بکشند لگد می‌زد. وقتی که نزدیکش رسیدیم، کم کم توجه جمعیت جلب شده بود. یکی از پسرها با پوست خیلی تیره خواهر و مادر ممد را فحش می‌داد و آنیکی پایش را گرفته بود و بزور پایینش می‌کشید.

همان موقع بود که هادی با دوتا از بچه‌های تیم فوتبالش از کنارمان رد شدند. سلامی از سر آشنایی دادیم و او سری برایمان تکان داد. مستقیم به سمت جایگاه رفت و غفلتا مشتی به صورت یکی از پسرها زد. پسر دستش را جلوی بینی‌اش گرفت و خون از بین انگشت‌هاش بیرون ریخت. پسر دوم پای ممد لاله را ول کرد و بهت زده صحنه را نگاه کرد که هادی داد زد: «تو هم میخوای کله‌ات رو بکنم تو کونت؟» پسر چیزی نگفت. هادی با یک دست لبه جایگاه را گرفت و با دست دیگر، دست ممد لاله را. جمعیت ساکت شد و عقب نشست و پسرها گم شدند. آنها که روی جایگاه نشستند داد زدم: «آقا هادی ما هم بیایم؟» هادی نگاهی کرد و چیزی نگفت. من و احسان حیدری هم بالا کشیدیم و سمت دیگر تیر آهن نشستیم.

جای ما شاید بهترین جای زمین فوتبال بود. از آنجا داربست فلزی را نزدیک دَرِ مدرسه می‌دیدیم و سربازهایی که دور تا دورش با اسلحه‌هاشان ایستاده بودند. از لای نرده‌های مدرسه چند ماشین پلیس و یک آمبولانس دیده می‌شد. آقای محبی (مدیر مدرسه‌مان) را هم می‌دیدیم که با یک نفر که لباس افسری پوشیده بود حرف میزد. جمعیت روبروی داربست هر لحظه بیشتر شد و تک و توک بچه‌های مدرسه هم در بین آنها به چشم خوردند. من به فکر خودم خودشیرینی کردم و گفتم: «از خوش بر و کون نبودن یه جا شانس

آوردیم ها.» کسی نخندید. یکی از بچه‌های تیم هادی پرسید: «مسعود همکلاسی شما بود؟» ما با سر تایید کردیم.

: «باهاش رفیق بودین؟» احسان جواب داد: «همسایه دیوار به دیوار ما بود.»

من ادامه دادم: «رفیق نزدیکش مهدی بود. همونی که تو تیم ما دروازه وامی‌ایستاد.»

هادی چشمانش را از جمعیت کند و نگاهمان کرد. بعد به بغل دستی قد بلندش که دروازه‌بان تیمشان بود چیزی گفت و او پلاستیک تخمه آفتابگردانش را به سمت ما دراز کرد. هر کدام تشکرکنان مشتی برداشتیم و دقایقی به تخمه شکستن و تف کردن پوستش بر سر آدمهای زیر پایمان مشغول شدیم. چیزی نگذشت که مردی با صورتی پوشیده، از پله کنار داربست بالا آمد و طناب آبی رنگی را به میله بالایی داربست گره زد. جمعیت با دیدن مرد تکانی خورد. ما هم سرک کشیدیم تا ببینیم آقاحمیدی را آورده‌اند یا نه؟

آن‌یکی پسر که کله‌اش کچل بود گفت: «میدادن خودمون خشکاخشک بُکنیمش.» پوزخند زدیم. هادی در ادامه گفت: «یادتونه یه روز توی راهروی مدرسه زدم تو گوشش؟ مادر جنده. کاش همونجا چاقو داشتم.» ما ساکت شدیم. آن روزی که هادی را از مدرسه بیرون انداختند، همهمان در راهرو مدرسه جمع شده بودیم. می‌گفتند آقاحمیدی چاقو ضامن‌دار از جیب هادی بیرون کشیده. فراش مدرسه هادی را گرفته بود و آقاحمیدی با تسبیح تو سرش می‌زد. هادی داد می‌زد: «چیه ما دهاتی‌ها رو دوست نداری

بمالیمون خر کیف بشی؟» تو صورت آقاحمیدی تف کرد. تسبیح آقاحمیدی پاره شد و مهره‌هاش وسط سالن ریخت. فرداش چهارچرخ ماشین آقاحمیدی با چاقو پاره شده بود و چند روزی که تو حیاط مدرسه ماند، پر از چقلی کفترها شد.

: «می‌گن یکی لو داده مدار قحبه رو. برده جسد مسعود رو تو جنگل پشت انبار جهاد آتیش زده. اگه لو نداده بود هیچکی نمیفهمید کار این جاکشه.»

پسر قد بلنده پرسید: «شما نمی‌دونید کی لو داده؟»

گفتم: «بابام می‌گه توی روزنامه نوشته که اول یکی مسعود رو پیدا کرده بعد به پلیس خبر داده و یک کارآگاه خیلی معروف از تهران اومده فهمیده کار آقاحمیدیه.»

هادی احسان را نگاه کرد و پرسید: «تو چی میدونی؟» رنگ احسان سفید شد و من من کنان گفت: «آقام از بابای مسعود شنیده که همون اولش به پلیس گفته. همه چی رو گفته. آقام خودش گفت.»

بقیه سری تکان دادند. در سکوت به تخمه شکستن ادامه دادیم .

دیگر جای خالی نمانده بود و زمین فوتبال تقریبا پر از جمعیت شده بود که یک پاترول سیاه رنگ از جاده خاکی کنار مدرسه وارد شد و در حیاط پارک کرد. سر و صدای جمعیت وقتی بلندتر شد که چند نفر که صورتشان را پوشانده بودند، آقاحمیدی را از پاترول بیرون کشیدند و به داخل مدرسه بردند. همان پیراهن

قهوه‌ای و شلوار شش جیب که در مدرسه می‌پوشید تنش بود. بلند شدیم تا بهتر ببینیم. آن سه نفر مثل خیلی‌های دیگر، چنان فحش می‌دادند که انگار چیز دیگری برای گفتن بلد نبودند. احسان پشت آن قدبلنده ایستاده بود و به آقاحمیدی نگاه میکرد و من انگار خط کش چوبی‌اش کف دستم را سرخ کرده باشد دستم را به روی شلوارم کشیدم. بعد از چند دقیقه دوباره روی جایگاه نشستیم و دست‌ها را سایبان کردیم تا اطراف را بهتر ببینیم.

نیم ساعتی گذشت و خبری نشد. هادی و رفقاش با هم گرم گرفته بودند و به ما توجهی نمی‌کردند. من از نگاه کردن به جمعیت خسته شده بودم که احسان گفت: «راستی حسین هفته پیش عموم یه فیلم برامون آورد ولی بابام نذاشت ببینم. برد تو کمد درش رو قفل کرد گفت این برا سن تو زوده ولی با اون کلیدی که تو دادی درش رو باز کردم و خودم نگاش کردم. خیلی باحال بود. اسمش کوماندوها بود.

گفتم: «خیلی نامردی. مگه قرار نبود تنهایی فیلم نبینی؟»

احسان جواب داد: «بخدا وقت نشد. خودم هم هول هولکی دیدم. اون موقع که مامانم رفته بود بازار خرید کنه. ولی همه چیزش یادمه. برات تعریف میکنم. دوتا رفیق بودن هر دو کوماندو. از اون هیکلی‌ها. با هم خیلی رفیق بودن. تو جنگ با هم بودن و یه جا دوتایی رفتن تو جنگل بیست نفر رو تنهایی کشتن. خیلی باحال بود. یکیشون یه تفنگ داشت، قناسه بود. اون یکی یه مسلسل داشت. از اونایی که آرنولد توی ترمیناتور داشت. خیلی باحال بود.»

از آن بالا آن پسری که از هادی کتک خورده بود را دیدم که کنار چند تا بچه دیگر ایستاده بودند و ما را نشان می‌دادند. احسان ادامه داد: «یه دختره‌ای هم بود که با یکیشون دوست بود یا خواهرش بود. خیلی هواشو داشت مث خواهر مسعود می‌موند.»

اسم خواهر مسعود که آمد هادی و هم‌تیمی‌هاش هم سر برگرداندند و به من نگاه کردند. بهاره با آن صورت سبزه و ابروهای بهم پیوسته را همه پسرهای دو محله آنورتر هم می‌شناختند و خیلی‌ها می‌دانستند که بعضی آخر هفته‌ها و یا قبل از امتحان به خانه ما می‌آید تا با مادرم که معروف‌ترین دبیر ریاضی شهر بود درسها را مرور کند. من سرخ شدم و سرم را پایین انداختم. احسان بی توجه ادامه داد: «یکبار قرار گذاشتن برن تو یه تونلی که زیر یه ساختمون بود و پر آدمکش. یه رئیس داشتن این آدمکشا که خیلی غول بود. میگفتن هر کی رو میگیره، میکشه و کبابش میکنه میده سگاش بخورن. اینا هم ترسیده بودن مث سگ.»

آقاحمیدی را از مدرسه بیرون آوردند. دیگر آن طوری که زنگ تفریح در حیاط می‌ایستاد با ابهت بنظر نمیرسید. موهاش بهم ریخته بود و مثل سر ظهرها و قبل از نماز، دمپایی پاش بود و پشت سرهم یک چیز عربی مثل دعا و یا قرآن فریاد میزد. جمعیت سرک کشید و به ردیف سربازهای دور سکو نزدیک‌تر شد. دو تا مرد از بالای شانه آقاحمیدی را گرفته بودند و می‌آوردندش، همانطوری که او بچه‌ها را می‌گرفت و تا دفتر مدرسه می‌کشاند. احسان نیم‌نگاهی به حمیدی و طناب آبی انداخت. آب دهانش را قورت داد، رویش را به من کرد و ادامه داد: «اول نمی‌خواستن برن تو زیرزمین ساختمونه. اونا هم از رئیس آدمکشا می‌ترسیدن ولی

رفیقشون گفت که اون یارو میخواد خواهر دوستشون رو، همون بهاره رو ببره اذیت کنه. این کوماندوها هم لباساشونو پوشیدن تفنگاشونو برداشتن و رفتن تو ساختمون. رفتن و رفتن از پله‌ها پایین، بگو رئیس آدمکشا اونجا منتظرشونه. شروع کردن دویدن که در برن ولی رئیسه راه رو گرفته بود، یه چوب بزرگ هم دستش بود.»

صدای احسان دیگر از بین فحش‌هایی که ممد لاله و هادی و بقیه می‌دادند به زحمت به گوش می‌رسید. انگار احسان می‌خواست تا ته فیلم را همان موقع تعریف کند اما حواس من به حیاط مدرسه و داربست بود که حمیدی را به زور از آن بالا بردند و روی چهارپایه چوبی نگهش داشتند. آقاحمیدی، مثل روزهای سرد پاییزی که توی راهرو نعره میزد، بین هیاهوی جمعیت العفو .. اللهم انی اسئلک العو میگفت. یکی از آدمهای مشکی‌پوش از کنار چهارپایه بالا رفت و طناب را به گردنش انداخت. اگر بقیه حمیدی را نگه نداشته بودند همانجا از طناب آویزان شده بود. صدای احسان انگار با فحش‌های ممد لاله مخلوط شده باشد، به شکلی غیرمفهوم به گوش می‌رسید اما چشمانش چنان خیره به من بود که نگاهم را به خود کشید: «پشت میز قایم شده بود واسه همین ندیدش ولی اون یکی افتاد دستش. بخدا خودم دیدم داشت شلوارش رو می‌کشید پایین. مسعود التماس می‌کرد آقا نه. تو رو خدا نه. ولی ولش نکرد. منم صدا کرد. داد زد احسان کمک. تو رو قرآن به دادم برس. ولی من در رفتم. آقام گفته بود...»

: «بعد به رفیقش قول داد که انتقامش رو بگیره و رفتش پیش فرمانده و همه چیز رو بهش گفت. اونا هم یک عالمه سرباز

فرستادن و رئیس خلافکارها رو دستگیر کردن. خیلی معرکه بود. حیف که ندیدی.»

یکی مچ پایم را کشید و نگاهم را از قفل نگاه احسان بیرون آورد.

: «پدر سگ مگه بهت نگفتم نیا.»

آقای حیدری پدر احسان بود که پای دوتایمان را گرفته بود و از بالای جایگاه پایین میکشید. من ناخوداگاه دست احسان را که می‌لرزید گرفتم و او هم با دست دیگر به تیرآهن جایگاه چسبید و ناله کرد: «نمیام ... ولم کن نمیام.»

آقای حیدری ولکن نبود و داد زد: «مگه دست خودته. بیا پایین تا کمربندمو نکشیدم.» بعد رو به من کرد: «حسین تو که بابا مامانت معلمن چرا؟ با این اوزگل‌ها قاطی شدی مث اینا بشی؟ برم به بابات بگم لب کانال سنگ‌پرونی میکنی؟»

دست احسان از بین انگشتان شل شده‌ام لیز خورد و پایین افتاد. آقای حیدری را دیدم که موج جمعیت را می‌شکافد و احسان را دنبال خودش میکشد. هادی رو به بقیه کرد و گفت: «حیف این کسکش راحت مرد. معلوم نیست چند تا بچه رو برده تو اون زیرزمین.»

پسر قد بلنده گفت: «نصف مدرسه رو مالوند خارکسه.»

حمیدی را از طناب پایین کشیدند و داخل آمبولانس گذاشتند. ممد لاله یک چیزی گفت که فقط بهاره‌اش را شنیدم. پسرها

خندیدند و من بین جمعیتی که بتدریج کم میشد دنبال احسان گشتم.

هادی رو به من کرد و گفت: «حسین هنوز اون توپ دولایه‌ت رو داری؟»

سرم را به نشانه مثبت تکان دادم.

: «برو یه ساعت دیگه با توپ برگرد. به بچه‌هاتون هم بگو بیان. اون موقع زمین خالی شده یه دست فوتبال بزنیم.»

از جایگاه پایین پریدم و به سمت خانه راه افتادم. بین راه پسرهای جنگ‌زده، که یکیشان از هادی مشت خورده بود، را دیدم که با دوستان‌شان به سمت جایگاه می‌رفتند.

تابستان ۲۰۲٤

دوچرخه‌سوار

سایه‌ی وانت‌بار که روی آسفالت پهن شد، به تدریج در تاریکی رنگ باخت و وقتش شد که راننده چراغهای جلو را روشن کند. چشمانش از پشت شیشه کثیف و لک شده، جاده خالی را در جستجوی گروه‌شان جست. خسته بود. روز سومی بود که در مسیر بودند و از حدود ده صبح که آخرین شهر را ترک کرده بودند، حتی یک دقیقه استراحت نکرده بود. سمت چپ بدنش به شدت درد می‌کرد و مچ دست راستش از خراشیدگی می‌سوخت. سعی کرد لبه‌های مانتوی خاک گرفته‌اش را طوری روی زانو بگذارد که شلوار پاره و شیارهای قرمز روی ران را پنهان کند. دنبال قمقمه‌ی آب گشت اما یادش آمد شکسته‌اش را کنار جاده دور انداخته است.

کثافت...به خودش گفت که دیشب با حرف‌های سمانه دوباره نرم شده و راضی به ادامه راه .

: «نترس. مثل دیروز نمیشه. همه با هم راه می‌افتیم و همه با هم می‌رسیم. دو ساعت رکاب می‌زنیم. نیم ساعت استراحت می‌کنیم. همینطور می‌ریم تا برسیم. این همه راه اومدیم حیفه تمومش نکنیم. خیالت راحت هر جا کم آوردی یا مشکلی پیش اومد همگی می‌ایستیم.»

بعد در اتاق خالی هتل رهایش کرده بود تا شب را با وحید بگذراند. در گروه ده نفره‌شان او تنها دختری بود که همراهی نداشت. غیر از سمانه و وحید، فقط لیدر گروه، یعنی نیما را به اسم می‌شناخت و از او هم خجالت می‌کشید. شب خواب از او گریخت. تا روشنای هوا صفحه‌های مجازی را بالا و پایین کرد.

آفتاب کاملا غروب کرده و داخل اتاقک وانت‌بار به سیاهی می‌زد. چراغ جلوی ماشین جز خطوط ممتد و گاه ناپیوسته جاده، چیز دیگری را نشان نمی‌داد. زیر چشمی نگاهی به راننده کرد که صورت و بدنش در انعکاس نورهای گذری روشن می‌شد. هیکلی نسبتا چاق داشت با قدی کوتاه. جای دریدگی زخمی سراسر ساعد راستش را (که فرمان را محکم چنگ زده بود) چون صاعقه‌ای طی کرده بود . بوی عرق می‌داد. بویی تند که با دود اگزوز و خاک در هم می‌شد و چون مشت‌های پیاپی به صورتش می‌کوفت. رویش را برگرداند و درز پنجره را قدری پایین کشید که صدای مرد تکانش داد: «نکشش پایین صدای باد کَرِمون کرد.» از لحن آمرانه و خشک مرد جاخورد. خودش را به سمت در جمع کرد و سرش را به پنجره تکیه داد.

مشاورش گفت: «گریه کردن واکنش طبیعی ما در مواجهه با درد است. دردهای تن و دردهای روح.»

ساعتها روی صندلی نشسته و تمام زندگی‌اش رابرای مشاور گریه کرد. از مادرش گفت که پشت در اتاق مشاوره نگران نشسته و از سایه پدرش که حتی بعد از مرگ پشت سرش راه می‌رفت و صدای عتاب‌آلودش را در گوش‌هایش می‌شنید که تحقیرش می‌کند. از

مدرسه رفتن گریزان بود. از مسخره شدن توسط همکلاسی‌هایش وقتی برای پاسخ به سوال معلم‌ها به لکنت می‌افتاد خجالت که می‌کشید و خود را به مریضی که می‌زد تا در خانه بماند. گفت چطور جلسه کنکور را با آمبولانس ترک کرده، و یا نمی‌خواسته از خانه بیرون بیاید و اگر مادر همراهش نبود هرگز نمیتوانست تا آنجا بیاید. مشاورش دلگرمی‌اش داد: «نگران نباش، باهم درستش می‌کنیم.»

وقتی وانت بار ایستاد، یک ساعتی می‌شد که در انتظار سمانه و گروه جاده را با چشم‌هاش شسته بود. آفتاب عصرگاهی کویر در مغزش رسوخ کرد و درد زخمهاش غیرقابل تحمل شد. نفهمید چگونه دوچرخه‌ی شکسته در عقب وانت جا شد و چگونه کنار مرد نشست. از لبخند مرد چندشش شد. از سوال‌هاش هم. بعد از یک ساعت فکر کرد پیاده شود اما در این گرگ و میش همان نیمه‌شانسی که برای رسیدن به شهر داشت بر باد می‌رفت. چشمش خیره به حشره‌ی مرده‌ای ماند که روی داشبورد خاکی روبرویش افتاده بود.

اول راه را با هم بودند. در توقف اول نیما گفت باید سریعتر بروند تا قبل از تاریکی برسند و بار دوم را دیگر نایستادند. متوجه بود که چند روز رکاب زدن مدام بدنش را تحلیل برده. احساس کرد عضله پشت پایش سفت شده. به درد توجهی نکرد و بعد از چند دقیقه بهتر شد. بعد از استراحتی که برای ناهار داشتند دوباره پایش تیر کشید. سعی کرد باز توجه نکند ولی ناخواسته سرعت‌اش قدری کم شد . فاصله‌شان پنج یا شش متر شد. وحید آرام کرد و پرسید اوضاع خوبه؟ جواب داد: «نگران نباش، میرسم

بهتون.» او هم تند کرد تا به سمانه برسد. فاصله‌شان پانزده متر شد. بعد از تپه بالا رفتند و چند دقیقه‌ای از دیدش خارج شدند و دوباره در سر پایینی، دیدشان که با سرعتی یکنواخت رکاب می‌زدند. وقتی زمین خورد و دوشاخه جلو شکست دیگر دیده نمی‌شدند. موبایل آنتن نداد. صدمتری با زانوی کوفته و دست‌های خراشیده، دوچرخه را به دوش کشید تا به جایی برسد که یک خط به آنتن موبایل برگردد. اگر دوچرخه امانتی نیما نبود شاید همانجا رهایش می‌کرد. سعی کرد سمانه را بگیرد ولی اینبار ظاهرا او در نقطه کور و موبایلش از دسترس خارج بود. خواست خانه را بگیرد که از ترس نگرانی‌های مادرش منصرف شد. آنقدر سمانه و بعد وحید و بعد سمانه را گرفت تا باطری موبایل تمام شد. این‌بار هیچ کدام‌شان برای او بر نگشته بودند.

از رادیو بیش از آنکه موزیکی یا حرفی شنیده شود صدای خش می‌آمد و مرد به آن هم بی‌توجه بود. موبایلش را از جیبش بیرون کشید و به صفحه سیاهش خیره شد. اگر مرد می‌فهمید...سعی کرد بدون اینکه راننده متوجه سیاهی صفحه موبایل شود شماره‌ای بگیرد و موقعیتش را برای مثلا مادرش توضیح دهد. بعد به دوستی خیالی زنگ زد و همان جملات را تکرارکرد. رنگ وانت و موقعیتش در جاده و هر آنچه فکر میکرد راننده را از هر خیالی منصرف کند، شرح داد. نگاهی به نیمرخ مرد انداخت که همچنان بی‌تفاوت به جاده خیره شده بود. حتما مادرش صد بار زنگ زده. حتما به سمانه هم زنگ زده. وحید مسیر را برگشته و او را پیدا نکرده. مادر باز به سمانه زنگ زده و به راهداری و بیمارستانهای مسیر و پلیس و...چطور تو جاده ندیده بودشان؟ صدای گوینده‌ی رادیو لحظه‌ای به گوش رسید که چند بیتی از حافظ خواند.

مصرع‌های بعدی در خش خش گم شدند. شعر را یادش آمد اما بیت‌های بعدی از ذهنش گریختند.

سعی کرد ذهنش را روی سایه‌های کنار جاده و یا صدای خش خش رادیو متمرکز کند اما فایده‌ای نداشت. مشاورش گفته بود برای خودت داستان نساز. با واقعیتها روبرو باش و در واقعیت زندگی کن. فاجعه سازی نکن.

فاجعه...پلک‌های خسته‌اش به هم آمدند. تنها جایی که در آن امنیت داشت چهاردیواری اتاق خوابش با دیوارهای آبی و ردیف گلدان‌های شمع‌دانی بود. دلش تختش را می‌خواست که در آغوشش بگیرد، سرش رادر بالش فرو کند و برای این همدم همیشگی اشک بریزد. مثل همان روزی که عذرش را از سر کاری که عمو برایش جور کرده بود خواستند، چون دخترهای همکار هم باور نمیکردند حس او را درباره‌ی مهندس مسئول قسمت‌شان که با نگاه برهنه‌اش می‌کند. وقتی صدایش را می‌شنود کف دستهاش عرق می‌کند و نفسش به شماره می‌افتد. فاجعه از دست دادن‌هاش با رفتن امیر کامل شد. همانی که گفته بود برای همیشه دوستش دارد و نتوانستن‌اش را نفهمید. کارش به جایی رسید که دیگر از اتاقش بیرون نمی‌رفت. حس می‌کرد خیابان‌ها و فروشگاه‌ها پر از چشمهای خیره به اوست. صدای نفس کشیدن آدمها را پشت سرش می‌شنید که در تعقیبش هوا را حریصانه می‌بلعند و منتظر فرصتی می‌مانند تا او را به کُنج تاریکی بکشند. وقتی که خانه‌ماندن‌هاش به یک ماه رسید، سمانه برایش از مشاور وقت گرفت. آن روزها کلمه فاجعه را خیلی از زبان مشاور می‌شنید. مشاور گفت این احساس طبیعی ماست که هراس‌هامان

بین ما و دیگران فاصله بیاندازد. در بیشتر مواقع ما در اتفاقات اطرافمان دخالتی نداریم و نمی‌بایست بترسیم یا خود را برایش سرزنش کنیم...جرات مواجهه با فاجعه...

کاش دیشب قدری جرات به خرج می‌داد و در اتاق وحید را می‌زد. کاش از صدای ناله سمانه خجالت نکشیده بود. کاش صبح به نیما گفته بود...سر را به کوله تکیه داد. کاش می‌شد به مشاور زنگ بزند و بگوید مرتیکه اراجیفی که سرهم کردی این بلا را سر من آورد. من آمدم کمکم کنی نه اینکه من را به دل فاجعه بیندازی...برو به دل طبیعت...برو فعالیت گروهی کن...برو ورزش کن...برو تا...

چشمهای سنگین از خستگی‌اش روی هم آمد. در سیالیت خواب و بیداری احساس کرد سرعت ماشین کمتر می‌شود و تغییر مسیر می‌دهد. اشکش بی‌اراده از گوشه چشمش غلطید و در دلش گفت: «خدایا نه.... خدایا نه....»

گرمای بدن مرد را احساس می‌کرد . سرش آنقدر نزدیک شده بود که صدای نفس‌هاش تنها چیزی بود که می‌شنید. انگار که گردنش را بو می‌کشید. زیر لب گفت: «خواهش میکنم...خواهش میکنم نه...ولی مرد توجهی نکرد و از پشتِ سر، گردنش را به جلو فشار داد و سرش را به صندلی چسباند. انگار بدنش قفل شده باشد. نفس کشیدنش به شماره افتاده بود. مرد از پشت خود را به او چسباند و با یک دست سینه‌اش را دست گرفت. دست دیگر بی پروا از زانویش بالا آمد. ناامید مچ دست مرد را چسبید و دوباره ناله کرد: «نه. خواهش میکنم. نفس‌های مرد آرام‌تر شد و دستش

را با قدرتی بیشتر کشید و وقتی به لای پاش رسید رانهاش را
محکم به هم فشار داد تا دست مرد را راه ندهد. مرد متوقف نشد.
دکمه شلوار جینش را با یک حرکت باز کرد و دستش را سُرداد.
درد در تمام تنش پیچید. یکی دو قطره اشک از کنار چشمش روی
چرم صندلی افتاد و علامت روی جاسوئیچی را در دیدش کدر
کرد.

چشمانش هنوز گرم اشک بود که ریزش هوای خنک در اتاقک
وانت خواب را از سرش پراند. مرد شیشه‌اش را کامل پایین کشید
و حشره مرده قرمز، پشت چراغ راهنمایی سبز شد. نوای موسیقی
بی‌کلام هیاهوی شبانه شهر را در خودگم کرد. در اتوبوس کناری
چهره مسافران خسته توجهش را جلب کرد. چند نفری به میله
آویزان بودند و بیرون را دید می‌زدند. یکی ایستاده چشمانش را
بسته بود. چند بچه هم سن و سال در حال گپ زدن بودند. یکی
سرش را به پنجره تکیه داده و او را نگاه می‌کرد. سرش را برگرداند
و به ماشین روبرو خیره ماند. وانت‌بار بعد از چند لحظه شتاب
گرفت و چراغ ماشین‌ها با سرعتی بیشتر از او دور شدند. حس
کرد بدنش سبک‌تر شده. شیشه را پایین کشید و دستش را از پنجره
بیرون آورد. باد بین انگشتانش سر خورد و سوزش خراش دستش
در خنکای شب زُق‌زُق کرد. دستش را داخل آورد، حشره مرده را
برداشت و از پنجره بیرون انداخت.

در انعکاس نور شهر صورت راننده بهتر دیده شد. یکی از دست‌ها
را روی پیشانی گذاشته و دست دیگر به آرامی روی فرمان ماشین
ضرب گرفت. خسته بود. بنظر آمد خستگی ساعت‌های طولانی
رانندگی یا سنگینی بار زندگی او را از پا انداخته است. شاید منتظر

دوچرخه‌سوار

بود تا به چهاردیواری خانه‌اش برسد و آرزوی دراز کشیدن در
اتاقی را داشت که پاداش روز سختش بوده است. مهربان بنظر
نمی‌آمد. بوی عرق می‌داد و خنده‌هاش چندش‌انگیز بود.

فردا می‌بایست برای نیما ماجرای دوچرخه را تعریف کند و آدرس
تعمیرگاه را بگیرد. بعد از مشاورش وقت خواهد گرفت. : «همین
کوچه لطفا»

موهای خاکستری مادر زیر نور چراغ‌های کوچه به سفیدی می‌زد.

تابستان ۲۰۲٤

مینیاتور

کوچه‌ی باریک ما فقط برای دو ماشین که از کنار هم رد شوند جا دارد. بابا ماشینش را دقیقا جلوی در و کنار دیوار خانه‌مان پارک می‌کند. هر روز صبح ماشینش را روشن می‌کند و شیشه‌هایش را دستمال می‌کشد تا آقابزرگ همانجا جلوی در سیگارش را بکشد و سوار شود. او را تا نزدیک بازار می‌رساند و بعد سر کارش می‌رود. من تا مدرسه‌مان پیاده می‌روم. راه زیادی نیست اما همین مسیر کوتاه هم در مواقعی که برف یا باران می‌بارد خیلی سخت می‌شود. این مواقع بابا تا جلوی در مدرسه مرا می‌رساند. قبلا این راه را با ترانه می‌رفتیم. حتی روزهای برفی. همان روزهای اول مدرسه توی راه باهم دوست شدیم. از در خانه‌ی ما تا خانه‌ی آنها فاصله‌ای نیست. دو سالی هست که به این محله آمده‌اند و خانه‌ی حاج منصور را اجاره کرده‌اند. سال پیش همکلاسی بودیم. ترانه درشت‌تر و بلندتر از من بود و ته کلاس می‌نشست و من ردیف دوم. امسال مقنعه‌هامان را مرضیه خانم ـ مادر ترانه ـ برایمان دوخت. دقیقا شبیه هم.

تو راه مدرسه از جلوی میوه‌فروشی رد می‌شوم. از وقتی ترانه رفته خجالت می‌کشم به آقا شعبان ـ پدر ترانه ـ که جعبه‌های میوه را از وانت پایین می‌گذارد یا آنها را در مغازه می‌چیند سلام بدهم. او هم مرا که می‌بیند سرش را روی دیگری می‌کند. بعد از کنار تیر چراغ برق که رویش عکس شهید اسپری کرده‌اند به کوچه پشت

مدرسه می‌پیچم. اگر از خیابان بروم چند دقیقه زودتر می‌رسم اما شاگرد مغازه تعویض روغنی هر دفعه متلکی می‌گوید یا کارش را ول می‌کند و دنبالم می‌آید. می‌ترسم یکدفعه دستش را دراز کند و مرا داخل مغازه بکشد. جرات ندارم به مامان چیزی بگویم. حتما می‌گوید من کاری کرده‌ام که دنبالم افتاده. بعد هم می‌گوید آخر و عاقبتم همین شاگرد آپاراتی و تعویض روغنی خواهد شد.

مدرسه‌مان یک خانه قدیمی بوده است که ورودیش با راهرویی طولانی به حیاط وصل می‌شود. کنار آن، چند مغازه و یک نوشت‌افزار فروشی‌ست که بهترین مغازه‌ی دنیاست. بوی کاغذ و لوازم‌تحریر دیوانه‌ام می‌کند. دوست دارم همه‌شان را بخرم و به خانه ببرم. مامان می‌پرسد چرا این همه کاغذ و وسایل از لوازم‌تحریری می‌خرم. شروع کردم به نقاشی کشیدن روی همه‌ی کاغذها و دفترهایی که به عشق رفتن آنجا می‌خرم. یک موقعی کلکسیون پاک کن جمع می‌کردم و هر بار که علی آقا (صاحب مغازه) پاک‌کن جدیدی می‌آورد یکی هم برای من کنار می‌گذاشت، تا اینکه مغازه‌اش تعطیل شد و چند وقت بعد که دوباره باز شد خانمی همراهش در مغازه می‌ایستاد.

برعکس علی آقا که مردی خوش اخلاق و دوست داشتنی است، فروشنده جدید خیلی بی‌حوصله‌ست و همه‌ش غر می‌زند که ما بجای خرید کردن فقط برای تماشا آمده‌ایم. می‌گفتند زنش است. مدیر مدرسه شرط کرده تا علی آقا زن نگیرد اجازه باز کردن مغازه را ندارد. واقعا حیف علی آقا که زنی به این بداخلاقی دارد. هر دفعه برای خرید آنجا می‌روم خودم رامشغول میکنم تا خود علی آقا ازم بپرسد چی لازم دارم. پدرم برایم یک بسته مدادرنگی

سی‌وشش رنگ از بازار خریده است. می‌گوید لوازم‌تحریر علی آقا گران است و هر چه لازم دارم به خودش بگویم تا از بازار بخرد، ولی من دوست دارم خودم همه چیز را ببینم و انتخاب کنم. مثل آن موقعی که از زیر شیشه و بین پاک‌کن‌ها جدیدترینشان را می‌پسندم. هنوز جعبه پاک‌کن‌هام رادارم. گاهی بازشان می‌کنم و بوشان می‌کنم. بوی لوازم‌تحریری علی آقا را می‌دهند.

مامان هم مثل زن علی آقا گاهی اخلاقش تند می‌شود و با من و بابا دعوا می‌کند. با من دعوا می‌کند چون نمره علوم و ریاضی‌ام خیلی پایین است و فکر می‌کند از من دکتر یا مهندس در نمی آید و آخر شبیه خودش پرستار ساده بیمارستان می‌شوم. یا به بابا اصرار می‌کند از خانه آقا بزرگ برویم و جای دیگری ساکن شویم. این محله و خانه را دوست دارم و ته دلم از اینکه بابا مقاومت می‌کند خوشحالم. خانه آقا بزرگ پر از اتاق است. گاهی حس می‌کنم از وقتی مامان جون فوت کرده بزرگتر هم شده. آقا بزرگ درِ دو اتاق را قفل زده و در آن خامه‌های فرش نگه می‌دارد و خودش در اتاق بزرگ دیگر می‌خوابد. ما سمت دیگر حیاط هستیم و اتاق خواب‌مان با درهای دولنگه به نشیمن راه دارد. آن ور حیاط هم اتاق مهمان است که پنجره خیلی بزرگ با شیشه‌های رنگی دارد. ما به آن مهمان‌خانه می‌گوییم و معمولا از آن استفاده نمی‌کنیم چرا که مامان اعتقاد دارد مهمان‌خانه باید همیشه تمیز و مرتب باشد. آنجا سقفی بلند دارد و داخلش همیشه سرد است، حتی وقتی بخاری‌اش دو ساعت روشن باشد. روی دیوار مهمان‌خانه دو نقاشی مینیاتور قدیمی کشیده‌اند. یکی از آنها پسری‌ست که کوزه و جام در دست دارد و دیگری دختری که ساز می‌زند. پسر روی کوزه خم شده و کمری خیلی باریک دارد، دختر

هم همینطور. لباس‌های دختر تنگ است و سینه‌هایش برجسته. مامان می‌گوید این نقاشی جلف است ولی آقا بزرگ می‌گوید این‌ها قدیمی و ارزشمند هستند. مهمان‌خانه محل مورد علاقه من است. یک وقت‌هایی یواشکی به آنجا می‌روم. به پشتی‌های نرم و راحتش تکیه می‌دهم و از روی نقاشی‌های دیوار طراحی می‌کنم. پسر را کمر باریک و چشمهای دختر را خمار می‌کشم، انگار به چشمهای من نگاه می‌کند طوری که آدم خجالت می‌کشد. دختر و پسر روی چمن زیر درخت نشسته‌اند و پشت آنها باغ درخت‌های توت شبیه حیاط خانه‌مان. دختر زیر درخت توت نشسته و ساز می‌زند. علی آقای لوازم‌تحریری از کوزه بزرگش در جام می‌ریزد و به من تعارف می‌کند. ترانه هم به من می‌خندد و سینه‌هایش را جلوتر می‌دهد. من خجالت می‌کشم و با پاک‌کن جهت چشمهایش را رو به علی آقا می‌کنم. ترانه مسخره‌ام می‌کند و می‌گوید علی آقا چشمانش دنبال من است و زنش این را می‌داند. بعد مرا سفت بغل می‌کند و من سفت پشتی‌های خنک مهمان‌خانه را بغل می‌کنم.

مامان یکی‌دوباری نقاشی‌هایم را دید و حسابی دعوا کرد. گفت نقاشی‌های روی دیوار مرا منحرف می‌کند. از نظر مادر، دختر خوب نباید چشمهای خمار یا سینه‌های برجسته داشته باشد. اصلا نباید دیده شود. یعنی آنقدر ساده و آرام باید باشد که با پشتی کنار دیوار یا دکل چراغ برق اشتباه گرفته شود. نمی‌دانم مرضیه خانم هم همین حرفها را به ترانه می‌زند یا نه. وگرنه او هم مثل دختر توی نقاشی سینه‌هایش از روی روپوش پیدا بود.

امیر حسین بختیاری

هفته پیش همکلاسی جدیدی برایمان آمد. اسمش زهراست. بعد از رفتن ترانه، هم‌میزی من جای ترانه نشست و من در میز ردیف دوم تنها بودم. زهرا جای خالی را گرفته است. خانم مدیر گفت بقیه سال را در کلاس ما می‌ماند. صورتی گرد و تپل و پر از جوش‌های قرمز دارد. روز اول که آمده بود بوی عجیبی می‌داد. بعد فهمیدم از دارویی‌ست که به پوستش می‌زند. غیر از این، او هم شبیه بقیه ماهاست. نه مثل ترانه رنگ پوست تیره‌ای دارد، نه لهجه و نه سینه‌های برجسته. ترانه می‌گفت تو هم لهجه داری. جوری که انگار داری آواز می‌خوانی. من به ترانه گفتم تو هم انگار داری قرآن می‌خوانی. ترانه قرآن خیلی خوب می‌خواند. با لهجه خوزستانی‌اش عین‌ها و قاف‌ها را مثل معلم عربی‌مان تلفظ می‌کند اما امتحان عربی همیشه نمره‌ی پایین می‌گیرد. زهرا در امتحان ریاضی بیست گرفت. گفت کلاس قبلی‌شان جلوتر از ما بوده است ولی کلا درسش خیلی خوب است. حتی درس عربی‌اش از همه بهتر است و فکر کنم امسال شاگرد اول کلاسمان شود. دفتر زهرا خیلی تمیز است و خطش خیلی خوب است. انگار که دفترش را در چاپخانه درست کرده باشند همه‌اش مرتب و خط کشی شده است. برعکس دفتر من که هر گوشه‌اش را خط‌خطی کرده‌ام یا بعضی صفحه‌هاش را نقاشی کشیده‌ام. دفترم را همیشه از زهرا و باقی بچه‌ها قایم می‌کنم. بخصوص مینیاتورهایی که ته آن کشیده‌ام.

از وقتی بمباران شروع شده شب‌ها در زیرزمین می‌خوابیم. آنجا زمانی انبار آقا بزرگ بوده و بعد تبدیل به آشپزخانه شده است. چند جایی کابینت‌های رنگ و رو رفته نصب کرده‌اند. یک سینک ظرفشویی و چند اجاق‌گاز دارد. انبارش پر از دیگ‌های بزرگ و

۱۲۹

مینیاتور

ظرف‌های نذری است. تا سال قبل آقابزرگ هر سال توی محرم نذری درست می‌کرد و برای همین است که انگار بوی پلو و قیمه به دیوارهای زیرزمین چسبیده. قبل از این نقل مکان، من و مامان کل زیرزمین و کابینت‌ها را شستیم اما بوی غذای نذری از بین نرفت. آقا بزرگ و بابا پشت شیشه‌های زیرزمین گونیهای خاک گذاشتند با چسب، ضربدری کردند. تلویزیون را هم به زیرزمین آورده‌ایم. یک قابلمه را به پشت گذاشته‌ایم و رویش تلویزیون را. شب‌ها کنار هم می‌خوابیم و شام را همان‌جا می‌خوریم. جای دنج و گرم و راحتی است. فکر کن اراده کنی از رختخواب بلند شوی، لیوان آب را برداری و پر کنی. یا غذایت را که خوردی دست‌بدست کنی و ظرف را در سینک سُر دهی.

از وقتی که به زیر زمین آمده‌ایم بگو و مگوهای بابا و مامان کمتر شده. بابا وقت‌های آزادش را در بازار پیش آقابزرگ می‌گذراند و مامان از وقتی از سر کار می‌آید خودش را با بافتنی سرگرم می‌کند. وقت‌هایی که با هم هستند کمتر بحث می‌کنند. بابا می‌گوید فشار کار مامان در بیمارستان زیاد است. از جبهه زخمی می‌آورند. وقتی بمباران می‌شود مامان شیفت‌های اضافه می‌ماند. یکبار فهمیدیم در محله‌ای که مامان اصرار به خرید خانه در آن داشت بمب خورده است و چند نفر از خانواده همکارهایش مرده‌اند. شبها در زیرزمین درس می‌خوانم و تلویزیون نگاه می‌کنم. گاهی که برق‌ها می‌رود، زیر نور چراغ توری کتاب می‌خوانم و یا آقابزرگ به من خطاطی یاد می‌دهد. شبهایی که برق نداریم زیرزمین و حیاط خیلی تاریک می‌شوند و درختهای توت را نمی‌شود دید. برای رفتن به دستشویی که گوشه حیاط است باید از فانوس استفاده کنیم و آن موقع است که حیاط خانه مثل پناهگاه مدرسه می‌شود.

بابا می‌گوید دختر نباید خیلی ترسو باشد اما هیچوقت داخل پناهگاه نبوده که ببیند چطور صدای تکان خوردن و نفس کشیدن جن‌ها را می‌شود در تاریکی شنید.

آژیر قرمز که می‌کشند، آقابزرگ یا بابا جلوی در می نشینند. رادیو را دم گوش‌شان می‌گیرند و نمی‌گذارند بیرون برویم. بابا می‌گوید ممکن است مثل همکار مامان توی بمباران بمیریم. می‌گوید توی زیرزمین امن است. من گاهی خیال می‌کنم کاش بمباران می‌شد و آنجا گیر می‌افتادیم تا دیگر مجبور نباشیم مدرسه برویم. همان‌جا زیر خاک و توی زیرزمین می‌ماندیم و زندگی می‌کردیم تا پیر شویم و بمیریم و فرصت داشته باشیم که آقابزرگ به من خطاطی یاد بدهد یا من آنقدر نقاشی‌ام خوب شود که روی دیوار پناهگاه یک مینیاتور بکشم که وقتی پیدایمان کردند اثر هنری ارزشمندی شود.

راه رسیدن به مدرسه بدون ترانه طولانی‌تر شده. نه من دل و دماغ دوست شدن با زهرا را دارم و نه او تمایلی. ترجیح می‌دهد در زنگ‌های تفریح هم درس بخواند. خانم معاون چند باری به ما تذکر داد که ای کاش مثل زهرا از وقتمان درست استفاده می‌کردیم. من پشت کتاب ریاضی نقاشی کشیده‌ام: نقاشی زهرا که دارد کتاب‌هایش را می‌خورد و خانم معاون که دهانش شیپور شده است و می‌گوید با این کارها وقتمان را تلف نکنیم .

پناهگاه مدرسه را نزدیک ورودی ساختمان ساخته‌اند. درش همیشه باز است. باید چندین پله پایین برویم تا به راهروی طولانی برسیم که آن طرفش یک خروجی‌ست و به انتهای حیاط می‌رسد. آن پایین فقط یک چراغ وجود دارد و تا سر دیگر آن هیچ نوری

مینیاتور

وارد پناهگاه نمی‌شود. پناهگاه بو می‌دهد. بوی تندی که از کوزه‌های ترشی بیرون میزند و با بوی نم دیوار مخلوط می‌شود و نفس کشیدن را سخت می‌کند. ترانه می‌گفت بوی جسد آدم‌های مرده است. بویی که روزهای اول جنگ در آبادان که مردم برای رفتن و ماندن دودل بوده‌اند از لای ویرانه‌ی خانه‌ها بیرون می‌زده.

پناهگاه را بعد ثلث دوم و جلوی چشم ما ساختند. دیوار پشتی حیاط را که به خیابان راه داشت خراب کردند و ماشین‌هاشان را وارد حیاط کردند. رفتن به حیاط برای مدتی ممنوع شد. صبحگاهمان را توی راهروی مدرسه صف بستیم و زنگ تفریح را توی کلاس‌هامان ماندیم. وقتی که حیاط را می‌کندند، از زیر خاک استخوانهای انسان بیرون زد. آقا بزرگ یادش آمد حیاط مدرسه قبرستانی قدیمی بوده و در زمان بچگی برای زیارت قبری یا امامزاده‌ای به آنجا می‌رفته‌اند. از داخل مدرسه تپه خاکی که بیل مکانیکی درست کرده بود را می شد دید. تپه آنقدر بلند شد که حتی از پنجره کلاس می‌شد جمجمه‌ها و استخوان‌های لگن و ستون فقرات را روی خاک تشخیص داد.

در زیر نگاه کنجکاو ما آدم‌های دیگری غیر از کارگرها در حیاط پیدا شدند. مردهای کت و شلوار پوش با ماشین‌های دولتی که بر ساخت پناهگاه نظارت می‌کردند و زود می‌رفتند. بازدیدکننده‌های جذاب‌تری هم اضافه شدند. اولش یک پسر جوان آمد. شاید بیست و خورده‌ای ساله. روز سه شنبه بود و ما زنگ ورزش داشتیم، ولی توی کلاس مانده بودیم. او را دیدیم که با مدیر وارد حیاط شد.

مدیر که به داخل برگشت، پسر با احتیاط از تپه بالا رفت. از میان
خاک یکی از جمجمه‌ها را برداشت و نگاه کرد. بعد جمجمه را
انداخت و یکی دیگر را برداشت. دیدن آن پسر توی حیاط مدرسه
دخترانه به اندازه اسکلت‌های روی تپه عجیب بود. ما از پشت
پنجره سرک کشیدیم و دیدیم که این یکی را هم ول کرد و دوباره
اولی را برداشت. با آستینش جمجمه را تمیز کرد و انگار از روی
آن چیزی می‌خواند بر روی آن دست کشید. کارگرها کارشان را
رها کرده بودند و مثل ما به آن پسر خیره شده بودند. پولیوری که
پوشیده بود را در آورد. جمجمه را به دقت در آن پیچید. در آخر
آن را در پلاستیکی سیاه رنگ انداخت و بی‌توجه به ما از تپه پایین
آمد.

روز بعد چند پسر و دختر دیگر آمدند و توی کپه‌ی خاک دنبال
استخوان‌ها گشتند. معلم علوم گفت اینها دانشجوهای رشته‌ی
پزشکی هستند و استخوانها را لازم دارند تا از رویشان درس
بخوانند. از همان روز اول جمع شدن پشت پنجره‌ها قدغن شد و
فردایش همه پنجره‌ها را با رنگ سفید پوشاندند. اما من و ترانه
یواشکی رفتیم و از پنجره بالای پله‌ها تماشایشان کردیم. چندتای
اولشان به ما بی‌توجه بودند. دخترانی را دیدیم که چندان از من و
ترانه بزرگتر بنظر نمی‌آمدند اما بی‌توجه به خاکی شدن
روپوش‌هایشان لای خاک می‌گشتند. گاه با هم و یا با پسرها
می‌خندیدند و یا خوراکی‌هاشان را قسمت می‌کردند. احتمالا خانم
معاون با مامان هم عقیده بود که بعضی چیزها آدم را منحرف
می‌کند وگرنه نگاه کردن به آنها را برای ما ممنوع نمی‌کرد.

مینیاتور

بلاخره یک بار یکی از پسرها ما را دید. قدش زیاد بلند نبود.
موهای فرفری و ته ریش داشت. کاپشن قهوه‌ای پوشیده بود با
شلوار کرم. بالای تپه‌خاک ایستاده بود و کیسه دستش بود. می‌شد
حدس زد توی کیسه پر از استخوان مرده است. با آن لباس و موها
شبیه بازیگری بود که در سریال سه‌شنبه شبها می‌دیدیم. ما
ترسیدیم و سرمان را پایین آوردیم ولی او همانجا ایستاد و به
پنجره نگاه کرد. ترانه گفت خوش‌تیپه‌ها! فکر کنم از تو خوشش
اومده. من گفتم شاید عاشق تو شده. بیاد دنبالت و بعد بیاد
خواستگاریت. ترانه خندید و گفت کور خونده. منو برا پسرخاله‌ام
خواستن. قراره بعد سربازیش بیاد عقدم کنه. باز پسر را نگاه کردیم
که به پنجره بالای پله‌ها زل زده بود. تا ما را دید برایمان دست
تکان داد و ترانه هم برایش همین‌کار را کرد و خندید. من حالم
یک جوری شده بود. ترانه پرسید فکر میکنی اسمش چی باشه؟
من دلم می‌خواست اسمش علی باشد یا امید یا مثل اسم هنرپیشه
توی سریال رابرت. دست ترانه را کشیدم و پایین آمدیم اما همه
روز انگار کنار همان پنجره نشسته باشم و پسر را نگاه کنم و دلم
بخواهد برایش دست تکان بدهم. فردایش توی صف گفتند کسی
اجازه ندارد از پله‌ها بالا برود. مراقبی هم گذاشتند که مواظب
باشد.

یک شب خواب دیدم رابرت توی مهمان‌خانه‌مان نشسته است.
بابا او را آقای دکتر صدا می‌زند و مامان با من دعوا می‌کند که
شوهرت عکسهای منحرف می‌بیند. بعد خواب دیدم معلم علوم
شده‌ام و برای بچه‌ها جمجمه‌ای که آقای دکتر از تپه برداشته را
آورده‌ام. خوابم را برای ترانه تعریف کردم گفت حتما عاشق
شده‌ام. همان‌روز پیشنهاد داد بعد از کلاس درس پشت مدرسه

برویم و آقای دکتر را پیدا کنیم اما من ترسیدم. می‌دانستم اگر آقای دکتر ترانه را با من ببیند حتما بجای من عاشق او می‌شود.

چند وقت بعد، آقای دکتر و باقی دانشجوها دیگر نیامدند. شاید اسکلتی توی خاک نمانده بود. شاید همه‌شان را برده بودند. شاید خانم ناظم بهشان گفته بود دیگر نیایند. ترانه گفت دیگر برای پیدا کردن رابرت خیلی دیر شده است. باید زودتر می‌جنبیدم. پیش ترانه خیلی گریه کردم. هر دومان خیلی گریه کردیم. من عکس رابرت را از روی سریال تلویزیونی کشیدم و زیر فرش مهمان‌خانه پنهان کردم. دختر توی مینیاتور دید و لبخند زد و علی آقا از کوزه‌اش به من تعارف کرد.

پناهگاه که تمام شد، هر وقت آژیر قرمز می‌کشیدند همه‌مان می‌دویدیم توی تاریکی. دست‌های هم را می‌گرفتیم و به صدای ضدهوایی، موشک و جن‌هایی که روی دیوار ناخن می‌کشیدند گوش می‌دادیم. یک‌بار یکی از جن‌ها موی من را کشید. جیغ زدم و از حال رفتم. بعدتر مریم قسم خورد او بوده ولی من مطمئنم دروغ می‌گوید.

هنوز به امتحانات ثلث سوم نرسیده بودیم که ترانه دیگر مدرسه نیامد. عصر آن روز دنبالش رفتم ولی خانه نبود. مرضیه خانم گفت با پسرعمویش برای خرید بیرون رفته‌اند و تا دیر وقت برنمی‌گردند. شب مرضیه خانم برایمان کارت عروسی آورد. سربازی پسرعمویش تمام شده بود و می‌خواست عروسش را ببرد. وقتی مامان حواسش نبود به مهمان‌خانه رفتم و همانجا برای مینیاتورهای روی دیوار گریه کردم. دلم می‌خواست علی آقا از

مینیاتور

دیوار بیرون بیاید و بغلم کند و بگوید او هم زن بداخلاق را طلاق می‌دهد و به خواستگاری من می‌آید. حس میکنم دیگر کسی در دنیا مرا دوست ندارد. ترانه، که قراربود با هم به دبیرستان برویم و معلم شویم، مرا بخاطر پسر عمویش ول می‌کند. بابا بیشتر از اینکه مرا دوست داشته باشد دلش برای آقا جان می‌سوزد و مامان خانه نو را دوست دارد. آقا جان هم نمیدانم ...

عروسی را در خانه حاج منصور گرفتند و غذاها را در حیاط خانه ما و با دیگها و اجاق‌های نذری درست کردند. مامان دوست نداشت روز عروسی آنجا باشیم. به خانه عمه‌ام رفتیم و شب آنجا ماندیم. روز بعد ظرف‌های کثیف را شستند و دیگها را به زیرزمین‌مان برگرداندند. مرضیه خانم که با عروس و داماد به اهواز رفته بود بعد از چند روز برگشت و عکس‌شان را نشان‌مان داد. توی عکس ترانه مثل نقاشی مینیاتور دیوار مهمان‌خانه شده بود. با چشمهای خمار و لباس عروسی که به سینه‌هایش چسبیده بود. پسر عمویش به لاغری تابلوی مینیاتور. نگاه ترانه به دوربین جوری بود که آدم خجالت می‌کشید.

بابا می‌گوید بالاخره این جنگ تمام می‌شود و دیگر لازم نیست شب‌ها در زیرزمین بخوابیم. مامان سر تکان می‌دهد و اخم می‌کند. آقا جان بعد از شنیدن این حرف‌ها توی حیاط می‌رود و زیر درخت توت سیگار می‌کشد. وقتی که جنگ تمام شود من از این مدرسه رفته‌ام و دیگر لازم نیست از جن‌های پناهگاه بترسم. دلم برای زیرزمین خانه آقا بزرگ تنگ خواهد شد. می‌خواهم وقتی دیپلم گرفتم بیایم و همین‌جا زندگی کنم. اینجا بهترین جای دنیاست. عاشق اتاقم هستم که سه‌دری‌های چوبی دارد و از

پنجره‌هاش می‌توانم درختهای توت حیاط را ببینم که آسمان آبی از پشت برگ‌هاشان پیداست. از آنجا می‌توانم هر وقت که دوست داشتم به مهمان‌خانه بروم و هر چقدر دوست داشتم روبروی مینیاتورها دراز بکشم.

نقاشی‌هام را به زهرا نشان دادم. یعنی خودش یکی از آنها را دید و خواست بقیه را ببیند. همه آنهایی که زیر فرش قایم کرده بودم را نشانش دادم. زهرا گفت یکی از دایی‌هاش نقاشی می‌کند. قرار است یکبار با زهرا به خانه‌شان بروم و نقاشی‌های دایی‌اش را ببینم. زهرا فکر می‌کند نقاشی کشیدن وقت تلف کردن است اما برای من اهمیتی ندارد. این تابستان می‌خواهم کلاس بروم. بابا شاید خوشش نیاید اما به اگر به آقا بزرگ بگویم حتما باهاش صحبت می‌کند و راضی‌اش می‌کند.

زمستان ۲۰۲٤

از گرمای خاک مادری تا سرمای شمال غرب

فرشته احمدی ، نویسنده و منتقد

داستان‌های مهاجران نسل‌های گذشته‌ی ایرانی سرشار بودند از حس نوستالژی و دلتنگی و تنهایی و خشم بابت جایگاهی که انگار ناخواسته در آن گرفتار شده بودند. در آن داستان‌ها زمان به تعبیری منجمد شده بود و نویسنده مانده بود در همان تاریخِ ترک دیار. نثر و زبانش هم به تبع آن با تغییرات جامعه و تغییرات زبان همراه نشده بود و به گوش مخاطبان معاصرشان کهنسال و قدیمی جلوه می‌کرد. اما امروز دلایل زیادی مانند گسترش ارتباطات از طریق شبکه‌های اجتماعی، به روز بودن اطلاعات، در دسترس بودن آثار نویسندگان و مترجمان معاصر، ارتباط روزمره با کشور مبدأ و از همه مهم‌تر درآمیختن با فرهنگ کشور مقصد و توانایی ایجاد ارتباط عاطفی و شغلی با مردمی از فرهنگ‌های دیگر، باعث شده تا داستان‌های مهاجرت، رها از آن همه انجماد، طبیعی‌تر و خواندنی‌تر جلوه کنند و بر درونمایه‌هایی متنوع‌تر و پویاتر متمرکز باشند.

نویسنده در شش داستان نخست مجموعه‌ی پیش رو، بیش از گذشته و پشتِ سر به روبرو نگاه می‌کند و بیش از کسانی که نیستند و رفته‌اند، درباره‌ی کسانی یا موقعیت‌هایی حرف می‌زند

که اکنونِ او را می‌سازند. داستان‌ها در شمال غرب کانادا می‌گذرند و طبیعت و جغرافیای خاص منطقه با سرما، برف، کوهستان و افسانه‌های بومیان آن حضوری پررنگ و تاثیرگذار دارد. نویسنده با رجوع به تجارب زیسته‌اش در این سرزمین و با به کار گرفتن حساسیت و نگرش ژرفش در مورد محیط و دقت در احوالات آدم‌ها، قصه‌هایی سرزنده را روایت می‌کند که طبیعت و افسانه‌های کهن در بافت آن‌ها تنیده شده و گاه به داستان‌هایی با سبک و سیاق رئالیسم جادویی تنه می‌زنند.

سه داستان پایانی مجموعه، داستان‌هایی از گذشته‌اند که در ایران و در زمان نوجوانی یا کودکی راویانشان می‌گذرند. حتی در این داستان‌های گذشته‌نگر هم نویسنده به جای حسرت‌خواری نسبت به زمان‌های خوش کودکی و گذشته‌ای که حالا دیگر چون به قدر کافی دور شده، مشکلاتش را از یاد برده‌ایم، نگاهی انتقادی دارد به جامعه و تأثیری که بر روح و روان بچه‌ها باقی گذاشته. در این داستان‌ها به درونمایه‌هایی همچون «نوجوانی»، «عشق»، «جنگ»، «خشونت» و «لذت جنسی» پرداخته شده و نویسنده کوشیده با استفاده از فاصله‌ی احساسی مناسبی که مخاطبان امروزی با موضوعاتی چالش‌برانگیز مثل «جنگ» پیدا کرده‌اند، دوباره این موقعیت‌ها را واکاوی کند و به درکی چندجانبه از جامعه‌ای برسد که نسل امروز را در دامن خود پرورانده. استفاده‌ی مناسب از زاویه دید نمایشی، توصیف‌های مینیاتوری و دقیق صحنه‌ها و توجه درست به مسائل روانشناختی شخصیت‌ها باعث می‌شود که مخاطب خود را در موقعیت‌های توصیف‌شده، تصور کند و بکوشد تا به دور از پیش‌داوری یا کلیشه‌های رایج و آشنا دوباره به آنچه که بوده و آنچه که بر سرزمنش رفته بیندیشد، و مگر

تمام کار ادبیات همین نیست؟ این‌که دوباره نگاه کنیم تا درباره‌ی هستی به بینشی تازه برسیم، بدون خشم و بدون منفعت‌طلبی‌های حقیر روزمره. اگر این داستان‌ها حتی لحظه‌ای بتوانند ما در چنین موقعیتی به تماشا بنشانند، داستان‌هایی قابل تقدیر و خواندنی‌اند.

بیوگرافی

امیر حسین بختیاری، متولد ۱۳۵۵، فارغ‌التحصیل کارشناسی ارشد معماری و داستان‌نویس ساکن تورنتو است،. علاقه‌اش به نوشتن از سال‌های نوجوانی و با تشویق معلمین ادبیات شکل گرفت. پیش از مهاجرت، با نگارش داستان‌های کوتاه و مقالات طنز در نشریات دانشجویی، در فضای ادبی حضور داشت، اما نوشتن برای او همیشه فراتر از انتشار و دیده شدن بود. نوشتن راهی بود برای مواجهه با درونیات، برای بازتاب تجربه‌های شخصی و به اشتراک گذاشتن آنها.

تجربه مهاجرت نقطه عطفی در مسیر امیر حسین است؛ تجربه‌ای پیچیده و چندلایه که گاه رنگ طنز دارد و گاه طعم تلخی روزگار را به خود می‌گیرد. این تجربه او را به بازنگری در زبان و سبک نوشتار سوق داده و انگیزه‌ای شد برای خلق آثاری تازه. مجموعه داستان "از شمال غرب" حاصل این دگرگونی است؛ روایتی شخصی از آدم‌ها، روابط انسانی و نگاهی تازه به جهان اطراف، از زاویه دید نویسنده‌ای که میان دو فرهنگ ایستاده و از داستان‌ها دروازه‌ای ساخته است به دنیای درون.

انتشارات آسمانا (تورنتو) منتشر کرده است:

پژوهش‌های علمی و دانشگاهی

- *Music on the Borderland: Remembering and Chronicling the 1979 Revolution's Shadow on Iranian Music*, by K. Emami, 2024.
- *Whispers of Oasis: Likoo's Poetic Mirage*, by M. Ganjavi, A. Fatemi and M. Alimouradi, 2024
- *زبان، انسان و جامعه: ادبیات و زبان‌های اقلیت در ایران*؛ ویرایش امیر کلان؛ مهدی گنجوی، آنیسا جعفری و لاله جوانشیر، ۲۰۲۴.
- *تنگلوشای هزار خیال؛ جستارهایی در ادب و فرهنگ*، رضا فرخفال، ۲۰۲۴
- *دلالت‌های تحلیل طبقاتی در سرمایه‌داری امپریالیستی*، محمد حاجی‌نیا و شهرزاد مجاب، ۲۰۲۴
- *شبِ سیاه و مرغان خاکسترنشین؛ شعر نیما در دهه‌ی دوم: ۱۳۲۱ ـ ۱۳۱۱*، ۲۰۲۴
- *حافظ و بازگویی*، تالیف رضا فرخفال، ۲۰۲۴
- *زنان کُرد در بطن تضاد تاریخی فمینیسم و ناسیونالیسم*، تالیف شهرزاد مجاب، ۲۰۲۳
- شورش دهقانان مکریان ۱۳۳۲ ـ ۱۳۳۱ *: اسناد کنسولگری، مکاتبات دیپلماتیک و گزارش روزنامه‌ها*، پژوهش امیر حسن‌پور، ۲۰۲۲

تصحیح انتقادی

- *تاریخ شانژمان‌های ایران*، تالیف میرزا آقاخان کرمانی (به کوشش م. رضایی تازیک)، ۲۰۲۴

- رستم در قرن بیست‌ودوم (تصحیح انتقادی و مصور)، تالیف عبدالحسین
  صنعتی‌زاده (ویرایش م. گنجوی و م. منصوری)، ۲۰۱۷

شعر

- زیر گنبد دوار، شعر از عباس امانت، ۲۰۲۵.
- شهرآشوب، شعر از امیر حکیمی، ۲۰۲۵.
- خمار صدشبه، شعر از منصور نوربخش، ۲۰۲۵.
- دفتر الحان، شعر از امیر حکیمی، ۲۰۲٤.
- با سایه‌هایم مرا آفریده‌ام، شعر از هادی ابراهیمی رودبارکی، ۲۰۲٤
- شهروندان شهریور، غزل از سعید رضادوست، ۲۰۲٤
- آینه را بشکن، شعر از نانائو ساکاکی، ترجمه مهدی گنجوی، ۲۰۲٤
- عجایب یاد، شعر از امیر حکیمی، ۲۰۲۳
- کهکشان خاطره‌ای از غروب خورشید ندارد، شعر از مهدی گنجوی، ۲۰۲۳
- غریبه‌هایی که در من زندگی می‌کنند، شعر از مهدی گنجوی، ۲۰۲۱
- تبعیدی راکی، شعر از علی فتح‌اللهی، ۲۰۱۸

داستان

- *Destined to Lead?*, a novel by Hushand Dowlatabadi, translated by Hadi Dowlatabadi, 2025
- *An Iranian Odyssey*, a novel by Rana Soleimani, translated by Fereidon Rashidi, 2025
- مجتمع دخترانه، رمان از محبوبه موسوی، ۲۰۲۵.
- مستیم و خرابیم و کسی شاهد ما نیست، رمان از مهدی گنجوی، ۲۰۲۵.
- اسباب شر، رمان از جواد علوی، ۲۰۲۵.
- جلوی خانه ما یکی مرده بود، مجموعه داستان از اکبر فلاح‌زاده، ۲۰۲٤

- *زینت*، رمان از وحید ضرابی‌نسب، ۲۰۲۴
- *فیل‌ها به جلگه رسیدند*، رمان از کاوه اویسی، ۲۰۲۴
- *مقامات متن*، رمان از مرضیه ستوده، ۲۰۲۴
- *انتظار خواب از یک آدم نامعقول*، مجموعه داستان از مهدی گنجوی، ۲۰۲۰

نمایش‌نامه

- *بغلم کن، لعنتی، بغلم کن*، نمایش‌نامه از علی فومنی، ۲۰۲۵.
- *درنای سیبری*، نمایش‌نامه از علی فومنی، ۲۰۲۴
- *یوسف، یوزف، جوزپه*، نمایش‌نامه از علی فومنی، ۲۰۲۵

برای ارتباط با نشر آسمانا:

Asemanabooks.ca

From Northwest

Collection of Short Stories

by

Amirhossein Bakhtiari

Asemana Books
2025